데카메론 읽·기·의·즐·거·움

중세의 그늘에서 싹튼 새로운 시대정신

e시대의 절대문학을 펴내며

자고 나면 세상은 변해 있다.
조그마한 칩 하나에 방대한 도서관이 들어가고
리모콘 작동 한 번에 멋진 신세계가 열리는
신판 아라비안나이트가 개막되었다.
문자시대가 가고 디지털시대가 온 것이다.

바로 지금 한국은, 한국 교육은,
그 어느 시대보다 독서의 당위성을 강조하고 있다.
지난 시대의 교육에 대한 반성일 것이다.
그러나 문자시대가 가고 있는데,
사람들은 디지털시대의 문화에 포위되어 있는데,
막연히 독서의 당위를 강조하는 일만으로는
자칫 구호에 머물고 말 것이다.

지금 우리는 비상한 각오로, 문학이 죽고
우리들 내면의 세계가 휘발되어버린 이 디지털시대에
새로운 문학전집을 만들고자 꿈꾼다.
인류의 영혼을 고양시켰던 지혜롭고 위엄 있는
책들 속의 저 수많은 아름다운 문장들을 다시 만나고,
새로운 시대와 화해할 수 있는 방법론적 독서를 모색한다.

'e시대의 절대문학'은
문자시대의 지혜를 지하 공동묘지에 안장시키지 않고
디지털시대에 부활시키는 분명한 증거로 남을 것이다.

발행인 심 만 수

들어가는 글

'보카치오' 나 '데카메론' 이란 용어들은 우리에게 꽤 친숙하다. 원래는 작가 이름이고 작품 제목이지만, 주변에 낯설지 않게 떠다니는 보통명사들이기도 하다. 거기서 풍기는 분위기는 대개 성(性)에 관련된 것이 주류를 이루는 한편 연작소설의 형식을 가리키는 말로 쓰이기도 한다. 또 보카치오풍 영화니 데카메론식 요리니 하며 일상에서도 더러 사용되는데, 이런 용법들은 '보카치오' 와 '데카메론' 의 원래 의미가 변색된 결과들이다. 이는 14세기에 이탈리아의 현실을 예외적인 필치로 재현한 작가 죠반니 보카치오(Giovanni Boccaccio)의 대표작 『데카메론 *Decameron*』이 워낙 일찌감치 성을 매개로 하여 종교와 윤리 및 당대 사회의 구석구석을 연작소설의 형식과 지극히 사실적인 수법으로 파헤치고 묘사했던 것에서, 당의정의 단맛만 빨듯 흥미로운 표면만 갖다 쓰다가 굳어진 현상이다.

보카치오는 일반적으로 근대적 소설 형식의 『데카메론』으로 널리 알려져 있지만, 여러 편의 서정시를 쓴 시인이고 학문적 업적도 적잖게 남긴 인문학자이며, 특히 단테에 대한 최초의 위대한 연구자로 돋보인다. 또한 그의 문학작품들은 영국 문학의 출발점에 서 있는 초서(Geoffrey Chaucer)와 셰익스피어(William Shakespeare), 프랑스 중세 문학의 대표자 라블레(François Rabelais) 등, 서구 문학의 기원을 이루는 작가들에게 직접적인 영향을 주었을 뿐 아니라, 지금까지도 인류의 고전으로 남아 있다.

이름 자체가 의미하듯이 이탈리아 르네상스의 '꽃'이었던 피렌체를 가장 잘 내려다볼 수 있는 곳은 피에졸레 언덕이다. 얼마 전 피에졸레 언덕에 위치한 한 수도원에서 피렌체를 내려다보노라니 650여 년 전에 보카치오가 『데카메론』을 썼던 정황이 새삼 되새겨졌다. 당시는 흑사병이 피렌체를 휩쓸던 때였다. 흑사병은 당시에 도덕적으로 타락하고 음란과 방탕에 젖은 피렌체를 징벌하는 하느님의 강력한 힘으로 여겨졌다.

단테 알리기에리(Dante Alighieri)의 『신곡 *Divina commedia*』이 신의 세계의 견문기여서 그렇게 불리는 반면, 『데카메론』은 인간 세계에 대한 냉정한 관찰과 예리한 묘사의 한 판 잔치여서 "人曲(commedia umana)"이라고 불린다. 두 작품 모두 당대의 교회와 성직자에 대한 신랄한 비판을 바탕으로 하고 있지만, 『신곡』은 하느님의 사랑에, 『데카메론』은 인간의 사랑에 중심을 두고 있다는 점에 차이가 있다. 『신곡』과 『데카메론』의 또 다른 차이는 전자가 현실의 교정을 목표로 계몽을 수행하는 내용을 담고 있다면, 후자는 현실을 겸허하게 혹은 냉정하게 받아들이고 그러면서 삶에서 거리를 두고 삶을 조소와 풍자를 통하여 비판적으로 묘사하여 근대적 세계관을 펼쳐냈다는 것에 있다.

『데카메론』이 당대의 현실에 대한 인식과 비판이라는 리얼리즘적 기능을 수행했다면, 이를 가능하게 만든 것은 인문주의적 특성이었다. 즉, 초월과 금욕주의의 중세에 거스르는 현세와 개인의 욕망 실현이라는, 근대적 인문주의가 가져온 정신적 혁명의 산물이었던 것이다. 그래서 『데카메론』에 실린 100편의 이야기에는 사회의 부조리에 저항하는 개인의 재치와 능력이 높이 평가되어 나타난다. 한 개인이 재치를 부리며 난관을 헤쳐 나가는 모습을 통해 보카치오는 우리에게 일차적으로 재미를 제공하고, 더 나아가 우리 자신의 시대를 꿰뚫어보고 대처할 필요성과 기회를 부여하고 있다. 특히 문제가 있다면 해결의 길도 있다는 식의 보카치오 특유의 낙관적인 세계관은 우리에게 듬직한 친구의 존재로 다가온다.

『데카메론』이 씌어진 이래 700년 가까이 흐른 근대의 시공 속에서 우리는 유례없이 깊고 다양한 변화를 체험했다. 그 결과 지금 우리는 여러 방면에서 물질 문명의 탁월한 발전을 이루었고 윤택한 생활을 누리고 있다. 그러나 동시에 전에 없던 수많은 새로운 문제를 안게 된 것 또한 사실이다. 경제적 불평등과 정치적 억압 그리고 문화적 소외와 같은 문제들이 더욱 심화되었으며, 기술 문명의 발달로 인한 생태와 윤리의 교란, 과학 및 산업 등 인간 중심 문명의 고도 발달로 인한 자연환경의 파괴 등, 지금까지 경험해보지 못한 당혹스러운 상황에 처해 있다. 아마도 우리가 이런 모순된 상황에서 겪는 고뇌는 650여 년 전 피에졸레 언덕에서 피렌체를 내려다보며 보카치오가 품었던 그것과 그리 다르지 않을 것이다.

고전을 읽는 것은 단순히 전통으로 회귀하는 것이 아니다. 고전 읽기는 역사와의 대화이며, 역사를 배움의 마당으로 만드는 중요한 매개가 된다. 『데카메론』이 우리 시대에 거듭 살아나는 것은 이 책을 읽음으로써 우리가 우리의 당대에 대한 인식과 비판, 그리고 극복의 길을 찾아볼 수 있기 때문일 것이다. 보카치오는 신랄한 풍자와 사실적 묘사를 통해 당대의 사회상을 고발하고 있으며 극복의 의지와 길을 보여주고 있기 때문에 당대를 초월하여 우리에게까지 이어지는 것이다. 보카치오의 당대는 중세였고 그가 앞서 본 미래가 근대였다면, 우리의 당대는 근대일 터이다. 그렇다면 우리가 내다보아야 할 미래는 무엇인가? 보카치오에게서 배울 점은 견자(見者)로서의 능력을 지니는 작가의 진정한 모습이지만, 보카치오 자신은 그 능력을 당대의 현실을 있는 그대로 재현하는 가운데 발휘했다는 점을 생각해볼 필요가 있다. 우리의 당대를 바로 재현하고 보게 해줄 우리의 문학은 어디에 있는가?

박상진

| 차례 |

보카치오의 종교는 인문주의적 의미에서 말하는 재능의 덕이었다.

그것은 중세의 내세 중심의 세계관에 맞서 개인의 권리와 존엄성을

옹호하는 것이었다. 이는 13세기 이래 봉건 사회의 모순이 심화되었던

이탈리아 반도에 일기 시작한 변화와 관계가 있다.

도시들 사이에 경제와 정치, 문화의 교류가 활발해지면서,

현실적 가치에 무게를 둔 새로운 시대의 인간이 지녀야 할

삶의 원리가 요청되었던 것이다. 당대의 지배적인 세계관에서

보카치오가 탈주하는 모습은 강렬하다.

보카치오의 인물들은 다가올 세상을 준비하기보다는 삶의 세계가

제공하는 즐거움을 더 골똘히 생각한다.

그의 문학적 성취는 이런 시대정신의 쾌활하고 사실적인 묘사에 있다.

거기서 다른 세상의 신비는 급진적으로 거부되고

죄의식은 부드럽게 사라진다.

2부 | 리라이팅

3부 | 관련서 및 연보

1 죠반니 보카치오

e시대의 절대문학

데카메론 읽·기·의·즐·거·움

중세의 그늘에서 싹튼 새로운 시대정신

| 박상진 | 보카치오 |

살림

의 효시라고 일컫는 프란체스코 닷시시의 「피조물의 노래」가 나온 것도 이때였다. 젊은 시절의 단테가 속했던 청신체파(清新體派)는 새로운 문체와 주제로 새로운 시대를 예고하고 있었고, 귀도 카발칸티(Guido Cavalcanti) 같은 진보적 지식인들이 문학과 철학에서 변화의 바람을 일으키고 있었다. 유럽 전역에 걸쳐 새로운 시민계급이 형성되면서 교류가 활발해졌고, 대학이 설립되어 중세 문화를 체계적으로 정리하는 길을 모색하면서 근대적 학문 탐구의 기초를 놓기 시작했다.

1300년대 초반 거대한 변화가 일어나기 시작했다. 새로이 건설되고 팽창되던 도시들이 갑자기 위축되고 인구가 감소하고 경작지가 줄어들었으며, 크고 작은 전쟁이 일어나고 질병이 퍼지기 시작했다. 이런 변화를 초래한 것은, 농업과 수공업 기술이 아직 원시적인 상태에서 인구밀도가 너무 갑작스럽게 높아진 데다 아직까지 생산성이 낮은 상황인데도 소수 집단이 과소비를 한 것이 그 원인이라는 말도 있으나 정확한 것은 아니다. 기간 시설과 제도가 적절하게 정비되지 않은 가운데 지나치게 비대해진 도시들에서 발생할 수밖에 없었던 빈부의 격차 및 범죄, 그리고 전염병과 같은 부작용에 제대로 대처하지 못한 탓도 있었을 것이다.

한편 1309년 교황청이 아비뇽으로 옮겨져 교황이 프랑스왕의 영향력 아래 놓인 이래, 나폴리의 정치적 영향력은 차츰

약화되고, 나폴리와 깊은 관계를 맺고 있던 피렌체의 경제가 혼란에 빠지면서 나폴리의 경제도 심각한 타격을 받게 되었다. 거기에 나폴리의 로베르트 단지오(Roberto d' Angio) 왕이 죽은 뒤 세력 다툼이 일어나 나폴리의 혼란은 가중되었다. 이렇게 1300년대 중반부터 위기에 빠진 것은 두 도시뿐만이 아니라 이탈리아 전체의 흐름이었다. 이탈리아의 도시들마다 가문과 파벌들이 난립하여 도시의 지배권을 놓고 격한 투쟁을 벌였고, 그 과정에서 도시들은 이전의 코무네가 유지했던 자치 전통을 포기하고 '시뇨리아'라 불리는, 단일 지도자를 받드는 소연방 군주국으로 탈바꿈하고 있었다.

그러나 이러한 혼란한 격변기에도 문화 활동은 사그라지지 않았다. 이미 1200년대 중반부터 이탈리아 전역에서는 라틴 문화를 복고하려는 움직임이 일어나고 있었다. 이 움직임은 짧은 시간 안에 피렌체로 응집했으며, 이후 피렌체는 이탈리아 르네상스의 중심지가 되었다. 당시 피렌체에서 활동한 단테와 프란체스코 페트라르카(Francesco Petrarca), 그리고 보카치오 같은 이탈리아 작가들은 라틴어와 라틴 문학의 재생에 힘을 쏟으면서 이탈리아에 르네상스의 돌풍을 일으켰고, 이들의 작품이 18세기까지 서구의 독서계를 지배하면서 어느 나라 작가들보다 세상에 널리 알려지게 되었다.

이들뿐만 아니라 당시의 이탈리아 인문주의를 이끈 사람

들은 모두 문화의 측면에서만큼은 사회의 주도권을 쥐고 있었고, 라틴 문화의 보급에 상당한 자부심을 느끼고 있었다. 그들은 학술적이고 유창한 라틴어 책을 쓰거나 그리스어를 라틴어로 번역한 사람들이라야 인생을 살았노라고 말할 자격이 있다고 스스로를 평가했다. 그들은 고대인들이 알던 것을 알고자 했고, 고대인들이 썼던 대로 쓰려고 했으며, 고대인들이 생각하고 느꼈던 대로 똑같이 생각하고 느끼고자 했다.

이런 라틴 문화의 복고 움직임은 르네상스라는 거대한 시대적 전환기를 몰고 왔다. 어떤 면에서 르네상스 인문주의의 보편적인 사고와 스타일은 당시 싹트고 있던 이탈리아의 독자적 색채가 강한 속어(현재의 이탈리아어) 문학을 억압했다고 볼 수 있다. 스위스의 역사가 부르크하르트(J. C. Burckhardt)에 의하면, 14세기의 피렌체 사람들은 모두 글자(이탈리아어)를 읽을 줄 알았고, 당나귀 몰이꾼까지 단테의 이탈리아어 칸초네를 읊었으며, 피렌체 수공업자들은 현존하는 이탈리아 문학의 최상의 필사본들을 남겼다. 이러한 배경을 이룬 것은 일반 대중의 활발한 정치 참여와 경제 활동 및 여행이었다. 그들은 당시 세계적으로 존경받는 유능한 사람들이었고, 교황 보니파키우스(Bonifacius) 8세는 그들을 '제5의 원소'라 부르기도 했다.[1]

그런데 15세기에 들어서면서 더욱 강력해진 인문주의는

그러한 이탈리아 고유의 싹을 밟아버렸다. 사람들은 모든 문제의 해결책을 고대에서만 구했고, 문학도 고전의 단순한 인용으로 변질되었다. 그 결과 활기찼던 14세기의 이탈리아 고유의 문화적 생명력은 인문주의의 완벽한 승리 아래 기운을 잃었다. 한편으로는 역설적이게도 그렇게 기운을 앗아간 15세기의 인문주의를 준비한 사람들은 다름 아닌 14세기를 대표하는 지식인들이었다.

단테와 페트라르카, 보카치오 같은 당대를 대표했던 작가들은, 이탈리아가 처한 과도기적 상황에 대한 철저한 인식과 거기에 지식인으로서 대처하는 과정에서 일반 대중의 정서를 담아내고 대중과 소통하며, 나아가 대중을 이끌고자 하는 의도에서 이탈리아어로 된 작품들을 생산해냈다. 다른 한편으로 그들은 그리스와 로마의 빛나는 고전 유산을 발굴하고 모방하며 발전시키는 인문주의 학자와 작가로서의 역할도 역동적으로 펼쳤다. 그들은 분명 이탈리아의 현실과 언어, 정서와 사고를 인식하고 표현해야 한다는 역사적 사명감과, 고대 유산의 가치를 부활시키고 발전시키려는 보편성 추구의 목표 사이에서 갈등을 겪었던 것 같다. 15세기의 인문주의자들이 그런 갈등을 벗어던지고 고전의 안온한 품에 안기면서 이탈리아 당대의 삶을 덮어버렸던 것에 비해, 그들의 고뇌는 시대의 현실을 호흡하며 이를 보편적 무대로 승화시키고자 노력했다. 부르크하르트는, 그들과 같은 작가들의 고뇌와 갈등이 후에 계속 이어졌다면 이탈리아가 15세기에 본격적으로 밀어닥친 인문주의의 물결 속에서 자기 고유의 색채를 잃는 일은 없었을 것이라고 말한다.[2] 단테와 페트라르카, 보카치오는 중세와 르네상스의 경계에 서서 시대의 거대한 변화 속에서 겪은 그들만의 고뇌와 갈등의 삶에 보편적인 문학 가치를 부여했기에, 우리는 그들을 시대와 장소를 초월하는 고전 작가의 반열에 놓을 수 있는 것이다.

분명 14세기 이탈리아는 유럽의 역사에서 그다지 행복한 이미지로 남아 있지 않다. 보카치오에게도 예외는 아니었다. 전쟁과 파산 등도 있었지만 더욱이 당대의 불행을 대표한 것은 흑사병이었다. 그러나 『데카메론』의 용솟음치는 생명력은 바로 혼란의 극치를 달리던 당대 현실에 대한 세찬 반작용에서 나온 것이다. 특히 보카치오는 『데카메론』 서문에 이 책을 쓰게 된 직접적인 동기였던 흑사병에 대해 생생하게 묘사하고 있다. 보카치오 자신이 당대의 현실을 목격한 증인이었던 만큼 다음과 같은 그의 묘사는 치밀하고 강렬하다.

> 감염 초기에는 남자든 여자든 겨드랑이에 사과나 달걀만 한 종기가 생기는데, 이 종기는 순식간에 온몸으로 퍼져나간다. 팔다리에는 납빛 또는 검은색의 반점이 수없이 생긴다. 사람에

> 따라 반점은 크기가 크면 수가 적고 크기가 작으면 수가 많아지는 차이는 있지만, 어쨌든 누구에게나 그것은 죽음의 전조였다. ……흑사병은 무서운 기세로 번져나갔다. 환자를 잠시 쳐다보기만 해도 바짝 마른 장작이나 기름종이에 불이 옮겨 붙듯 건강한 사람들에게도 금방 전염되었다. ……밤낮을 가리지 않고 숱한 사람들이 거리에서 죽어갔다. 시체들을 묻을 묘지가 동이 나, 나중에는 커다란 구덩이를 파서 마치 짐을 선적하듯이 시체들을 겹겹이 쌓아올리고 사이마다 흙을 조금씩 덮어씌우는 식이었다.

흑사병 앞에서 모든 사람이 죽어가는 것, 그것은 한 시대의 불행이 사회적 차별을 넘어서서 구성원 전체에게 무차별적으로 퍼질 수 있다는, 불행의 몰개인성, 비편파성, 편재성(遍在性)을 드러내주는 것이었다. 또한 모든 사회 계급이 거기에 공동으로 대처하는 모습은, 모든 인간이 평등하게 놓이는 자유로운 민주주의의 모습이었다.

전반적으로 14세기는 이탈리아가 중세에서 근대로 넘어가면서 혹독한 변화와 시련을 겪던 때였다. 이탈리아 문학의 발생과 수립, 도시의 팽창과 쇠락, 황제와 교황의 대립, 신흥상인 계층의 주도권 확립, 고대 문화의 재생, 이탈리아 고유성의 인식, 그리고 흑사병이라는 가공할 시대적 불행과 그에 대처하는 공동체 의식. 이런 복잡한 시대 상황과 그에 대한 응전의 다양한 양상들은 보카치오의 작가적 의식 속에 고스란히 투영되었고, 『데카메론』의 언어에 차곡차곡 담겼다.

보카치오의 삶과 문학 세계

삶

페트라르카의 편지에 따르면, 보카치오는 1313년에 태어난 것으로 되어 있다. 보카치오의 출생지에 대해서는 설들이 분분하다. 생전에 그가 직접 구술했다는 묘비명으로 보아 피렌체 부근의 작은 도시 체르탈도(Certaldo)라고도 하고, 그의 작품에 나타난 내용으로 미루어 피렌체가 유력하다고도 하고, 또 파리에서 태어났다는 말도 있다. 유년 시절에 대해 알려진 것은 거의 없다. 초기 작품들에서 그는 당시 유행하던 로망스 취향으로 자신의 유년 시절을 그렸지만 많은 양은 아니고, 이후의 글들에서는 변형되거나 대립되는 내용들이 등장하여 그나마도 신빙성이 떨어진다.

아버지 보카치노 디 켈리노(Boccaccino di Chelino)는 피렌체에서 잘나가던 부유한 상인이었다. 어머니는 하층민 출신으로 평범한 여자였다는 얘기도 있고, 아버지가 파리에 체류할 때 만났던 죠반나라는 귀족 가문의 여성이라는 말도 있지만, 어느 것도 정확하지는 않다. 이 모두가 보카치오의 창작이었다는 것이 현대 대다수 학자의 공통된 견해다. 나중에 보카치오가 나폴리에서 만난 여자들을 그가 낭만적으로 이상화했을 수도 있다. 특히 초기의 많은 작품에서 보카치오는 어머니를 베일에 싸인 시적인 분위기로 묘사하고 있다.

『사랑의 시선 *Amorosa Visione*』에서 보카치오는 아버지가 호적에 자신을 올렸다고 기술한다. 아버지는 보카치오가 태어나자 즉시 어머니로부터 떼어내어 피렌체 근교의 체르탈도에 있는 자기 집으로 데려왔다. 그리고 1320년경 아버지는 마르게리타(Margherita de' Mardoli)와 정식으로 결혼함으로써 보카치오는 사생아가 되었다. 공교롭게 단테와 페트라르카처럼 보카치오도 계모를 갖게 된 것이다. 어쨌든 아버지는 보카치오를 법적으로 인정하고 좋은 교육을 받게 해주었다. 보카치오는 죠반니 다 스트라다(Giovanni da Strada)에게서 라틴어 문법을 배웠으며, 여섯 살 때 시를 지어 천재성을 일찌감치 드러냈다는 말도 있다. 아버지는 보카치오가 상인이 되기를 바랐고 교육도 그런 쪽으로 시켰다. 하지만 아버지의 바람과 달리, 이후 보카치오는 일생 동안 오비디우스와 베르길리우스를 탐독하고 단테와 페트라르카를 숭배했으며, 프로방스 문학과 신화, 천문, 역사에 관련된 서적에 파묻혀 지냈다.

열두 살 되던 1325년 보카치오는 아버지가 일하던 바르디 은행의 나폴리 지사 견습사원으로 일을 배웠다. 바르디 은행은 피렌체에 본거지를 둔 회사로, 나폴리 지사는 당시 나폴리 지배층과의 밀착된 거래로 크게 번성하고 있었다. 1327년에 아버지가 합류하면서 보카치오는 나폴리 궁정의 전속 출납 담당관 노릇을 했고, 궁정에서 부와 귀족의 생활을 경험할 수 있었다. 남국의 밝은 햇빛과 당시 경제적으로 번영하던 활기차고 역동적인 나폴리의 분위기는 보카치오의 문학이 자유로운 상상력과 거침없는 묘사로 가득 찬 모습으로 형성되는 데 좋은 영향을 주었다.

당시 나폴리는 지중해 무역의 거점이었고 문화적으로도 중요한 도시로 뻗어나가고 있었다. 궁정과 대학에서는 학자와 과학자, 작가, 예술가들을 끌어 모아 문화 활동을 장려했다. 이런 상황에서 보카치오는 여러 사람에게서 큰 영향을 받았다. 당시 나폴리 대학에서 유스티니아누스 법전을 강의하던 법률가이자 시인인 치노 다 피스토이아(Cino da Pistoia)는 단테와 페트라르카의 절친한 친구였다. 그를 통해 보카치오는 청신체파를 알게 되었고 큰 매력을 느꼈다. 당대를 풍미한 화가 지오토 디 본도네(Giotto di Bondone)와 시모네 마르티니(Simone Martini)도 이즈음 나폴리에 머물렀던 것으로 전해진다. 1329년에서 1332년 사이의 일들이다. 당시에 보카치오는 카스텔 누오보(Castel Nuovo)에 그려진 지오토의 프레스코들을 보며 감화를 받았을 것으로 보인다.

이런 환경에서 은행에 대한 보카치오의 관심은 자연 시들해질 수밖에 없었다. 그는 법을 공부하겠다며 아버지를 설득하여 은행 일을 그만두었지만, 법 공부에도 금방 싫증을 내고 문학으로 완전히 방향을 돌렸다. 나폴리 시절은 보카치오의 인생에서 가장 행복했던 시기였다. 그 행복이란 문학과 예술 세계에 해당하는 말이지 은행 일이나 법 공부에서는 결코 그렇지 못했다. 1332년 아버지가 프랑스로 떠나자, 보카치오는 인문학 연구와 창작에 전념하기로 결심했다고 『이교 신들의 계보 *De genealogia deorum gentilium*』(1350)에서 회고한 바 있다. 후일 피렌체로 돌아간 그는 눈을 감을 때까지 나폴리를 그리워하며 살았다. 그것은 단테나 페트라르카보다는 처절하지 않았을지 모르지만, 일종의 망명이었다.

1333년(혹은 1336년) 부활제 전야에 보카치오는 로베르토 왕의 딸이자 아퀴노 백작의 부인 마리아를 나폴리의 산 로렌초(San Lorenzo) 성당에서 우연히 만나 사랑에 빠졌다. 바로 그녀가, 일생 동안 보카치오가 '피암메타(Fiammetta)' 라는 이름으로 기억하고 그리워했던 실제 대상이었다는 설이 유력하다. 피암메타는 단테의 베아트리체와 달리 세속적인 여자였고, 페트라르카의 라우라와 다르게 매우 자유분방한 여자였다. 원래 그러할 수도 있겠지만, 무엇보다 보카치오의 마음이 그렇게 나아갔기 때문에 그런 여자가 눈에 띄었을 테고, 또 자신의 작품에도 그런 인물로 그려낸 것이리라. 실제로 보카치오는 피암메타를 허구의 인물로 끝내지 않고 그녀와 불륜의 사랑을 했고, 그렇게 사랑을 이룬 이면에는 보카치오가 은행에 다니는 부유한 청년이라는 상황도 적지 않게 작용했던 것으로 전해진다. 피암메타는 이내 다른 남자들에게 관심을 돌리고 둘의 관계는 금방 끝이 났지만, 그런 세속적인 추이에도 불구하고 그 자체는 분명 보카치오에게 멋진 낭만으로 남겨졌는지, 이후 그녀는 그의 여러 작품에서 변형되어 반복적으로 재현되었다.

1340년 바르디가(家)의 파산으로 아버지는 보카치오를 피렌체로 불러들였다. 나폴리가 궁정과 귀족 중심의 밝은 분위기였던 데 반해, 피렌체는 새로운 문물이 넘쳐나고 신흥 시민계급들 사이에 부와 권력 투쟁이 성행하던 곳이었다. 1340년부터 이후 10년 동안 그의 생활은 거의 알려져 있지 않다. 분명한 것은 당대를 주름잡던 은행 가문인 바르디가와 페루치

(Peruzzi)가가 1340년대에 들어서면서 파산함에 따라, 보카치오도 피렌체에 돌아온 뒤부터는 생활이 덩달아 어려워졌다는 것이다. 그는 살기 위해서 무슨 일이든 해야 할 처지가 되었다. 행복했던 나폴리 시절을 뒤로 하고 당장의 생활과 새로운 지적 환경에 적응해야 하는 상황이었다. 1345년부터 이듬해까지 라벤나에 머물며 폴렌타(Polenta)가를 위해, 1347년부터 이듬해까지는 포를리에서 오르델라피(Ordelaffi)가를 위해 일했다. 흑사병이 본격적으로 나돌기 시작하던 1348년과 1349년 사이에는 피렌체에 돌아와 있었다. 『데카메론』을 쓴 시기는 1349년부터 시작하여 1351년까지인 것으로 보인다.

1350년에 아버지가 세상을 떠났다. 보카치오는 피렌체 정부를 위하여 주로 외교사절로 활동했다. 1350년 로마냐 귀족들에게 사절로 파견되었고, 1351년에는 시의원으로 임명되어 티롤 지방의 바이에른 공작 루이에게 방문 사절로, 1354년에는 아비뇽에 머물던 교황 인노켄티우스 6세의 방문 사절로 활동했다. 교황 방문은 1365년에 이어 교황청이 로마로 이전한 뒤인 1367년에 각각 한 차례씩 더 이루어졌다. 그 사이사이에 군사 행정 업무를 담당하기도, 체르탈도에서 휴식을 취하기도 했다. 보카치오는 당시 흑사병으로 무질서해진 피렌체 사회를 재건하기 위해 적극적으로 시정에 참여했다. 그의 솔직하고 명랑한 성격은 모든 사람에게 호감을 주었고, 권력욕이나 당파적 책동과 무관했기에 인망을 모았다. 이런 가운데 보카치오의 마음속에는 피렌체에 대한 사랑과 긍지가 자라났다. 1351년 파도바에서 페트라르카를 만났으며, 그의 영향을 받아 인문학자로서 남은 생애를 꾸려갔다.

그러나 경제적 궁핍은 여전했고 질병에 시달렸으며 정신적으로 삶의 활력을 잃은 상태였다. 그러던 중 1363년에 만난 수도사 죠아키노 치아니(Gioacchino Ciani)로부터 삶을 개선하고 영혼을 구원하라는 충고를 받았다. 이 만남으로 보카치오는 도덕적이고 금욕적인 생활을 하며 인문학자로서의 연구에 헌신하고자 했다. 『데카메론』 이후 보카치오는 『코르바치오 *Corbaccio*』와 단테에 대한 연구서 및 서정시 몇 편을 제외하고는 이탈리아어로 작품을 쓰지 않았다. 그뿐 아니라 『데카메론』을 포함한 이전의 작품들을 모두 불태우려고 마음먹기도 했다. 그러나 그런 고통을 깊이 이해한 페트라르카의 만류로 행동으로 옮기지는 않았다. 페트라르카는 보카치오에게 편지를 보내 세속적인 문학작품과 기독교적 신앙, 그리고 인문주의 학자의 길은 별개의 문제라고 조언했다. 어쨌든 페트라르카 자신도 이탈리아어로 쓴 「흩어진 시들」[3]은 그저 재미삼아 끼적거린 것일 뿐, 그의 이름을 남겨줄 것은 라틴어 학술서라고 생각했다. 마찬가지로 보카치오도 자신을 불후의 작가로 만들어준 『데카메론』을 당시에는 천박하다고 생각했다.

인문학자로서 보카치오의 삶은 그다지 순조롭지 못했던 것 같다. 늘 페트라르카의 언저리를 맴돌았으며, 학자로서의 자신의 모습에 그다지 행복감을 갖지 못했다. 아마 창작을 하던 시절로 돌아가고 싶은 마음과 거기서 벗어나 인문학자로서 새롭게 살아가려는 마음이 충돌하고 있었는지도 모른다. 1363년 나폴리를 다시 방문한 보카치오는 이전의 꿈과 같은 생활을 되찾으려는 마음을 품기도 했으나 그것은 환상으로 그쳤다. 당시 죠반나 1세의 궁정에서 높은 지위에 있던 니콜로 아치아이우올리(Niccolo Acciaiuoli)가 보카치오를 초청해 놓고는 지겨운 손님으로 대했을 뿐 아니라, 보카치오를 더 슬프게 한 것은 도시의 모든 것이 알아볼 수 없게 변해버린 모습이었다.

보카치오는 말년을 체르탈도와 피렌체에서 보냈다. 여전히 경제적으로 어려웠고, 비만으로 인한 성인병에다 피부병과 수종에 시달렸다. 그런 그에게 1373년 피렌체 시가 성 스테파노 교회에서 대중을 대상으로 『신곡』을 읽어주고 해설하는 일을 맡겼다. 언제나 단테 연구에 관심이 많았던 보카치오는 남은 힘을 모아 이 일에 전념했다. 강연은 100여 회나 지속되었지만 지옥편 17곡을 넘지 못했다. 그는 계속되는 질병에 시달리다가 체르탈도로 돌아와 요양하던 중 1375년 12월 21일 사망했다.

문학 세계

보카치오는 이탈리아 문학사에서 최초의 산문 작가다. 13세기에 종교문학과 함께 싹이 튼 이탈리아 문학은 익히 알려진 프란체스코 닷시시(Francesco d' Assisi)의 「피조물의 노래」에서 시작하여, 젊은 시절의 단테가 관여한 청신체파를 거쳐서 14세기에 단테와 페트라르카, 보카치오의 3인방에 이르면서 절정에 달했다. 당대의 문학적 결실은 이후의 이탈리아 문학사에 거대한 뿌리가 되었다. 이탈리아의 문학이 일찌감치 절정에 이른 것은, 현대에 이르기까지 이탈리아 작가들에게는 행운인 동시에 불행이기도 했다. 행운이었던 것은 따르고 받아들일 확고한 모범이 존재했기 때문이고, 불행이었던 것은 그 한계에서 벗어나기가 여간 힘들지 않았다는 점이다.

이탈리아 문학사에서 단테와 페트라르카, 보카치오의 위치는 확고하다. 이들은 일찍이 이탈리아 문학의 틀을 정립했으며, 이탈리아를 넘어서서 서양 세계의 사상과 상상의 샘을 이루어왔다. 이들은 이탈리아의 토스카나 지방에 터를 두고 동일한 문화 환경과 삶의 기반을 공유했다. 1321년에 단테가 사망했을 때, 보카치오는 여덟 살이었고 페트라르카는 열일곱 살이었다. 단테는 두 사람의 정신적 스승이었다. 특히 보카치오는 단테를 열렬히 숭배하고 연구하여 『단테의 삶 *Vita di Dante*』[4]과 같은 저서를 남기기도 했다. 한편 페트라르카는 단테를 어려서 만난 적이 있었다.

보카치오가 단테에 기울인 관심과 찬미는 유명하다. 단테가 당대 이탈리아 사회에 끼친 영향은 엄청났다. 청신체파 시절의 『새로운 삶』에서 시작하여 『신곡』에 이르기까지 이탈리아어 속어로 씌어진 문학작품들과 『향연』 『군주론』 『속어론』 등 라틴어로 된 빼어난 학술서를 통해, 단테는 13세기와 14세기에 걸치는 이탈리아 사회를 진단하고 방향을 제시하는 현실 지식인으로서의 역할을 유감없이 발휘했다. 보카치오는 이 점을 높이 사면서 자기가 직접 쓴 『단테의 삶』과 『신곡』의 주해를 통해 단테의 진가를 보여주려 애썼고, 그 스스로도 이탈리아어 속어로 문학작품을 쓰려고 결심하여 『데카메론』을 비롯한 속어 작품들이 탄생하게 되었다.

보카치오와 페트라르카와의 관계는 동시대인이었다는 점에서 한층 더 각별했다. 페트라르카의 깊은 학식과 위엄 있는 태도, 세련된 말솜씨, 우아한 생활에 보카치오는 매료되었다. 그는 자기보다 아홉 살 연상인 당대의 대표적 지식인과 사귄다는 것을 자랑스럽게 생각했다. 그러나 페트라르카는 보카치오의 재능은 높이 평가하면서도 『데카메론』의 문장은 인정하지 않았다. 문학작품은 물론이고 그 밖의 저술들도 모두 라틴어로 써야 한다는 것이 인문주의자 페트라르카의 굳은 생각이었다. 단테가 살아서 이탈리아어로 씌어진 『데카메론』을 봤더라면 똑같은 반응을 보였을까? 적어도 보카치오가 이 책을 속어로 쓴 이유가 당대 대중에 대한 지식인으로서의 사명감에서 나온 것임을 생각할 때, 그리고 그 결과 어떤 라틴어 저작보다도 당시의 이탈리아 현실에 대한 깊은 고민과 해법을 담아낼 수 있었음을 생각할 때, 이탈리아어로 된 『데카메론』에 대해 단테는 분명 '인곡' 이라는 찬미를 아끼지 않았을 것이다. 한편 그러지 않아도 『데카메론』의 비속함이 조금은 마음에 걸렸던 보카치오는 페트라르카의 지적에 부끄러워했다. 토마스 버긴(Thomas Bergin)은, 보카치오가 페트라르카를 좀 더 일찍 만났더라면 '외설적' 내용은 쓰지 않았을 것이라고 말한다. 그래서인지 몰라도 『데카메론』 이후 죽기 전까지 보카치오는 20년 동안 라틴어로 학술서를 쓰는 데 전념했다.

보카치오는 늘 세 번째 자리에 있었던 것 같다. 그러나 단테의 위대성이나 페트라르카의 우아함은 없지만, 그들 가운데 가장 재주가 뛰어났으며 상상력도 부족하지 않았고 창작의 힘도 흘러 넘쳤다. 자신의 생애도 창작할 정도였으니까. 실증적으로 알 길이 없는 어머니의 신비스러운 모습, 자신이 사생아라는 점, 수없이 변신하여 작품들에 등장하는 피암메타의 존재 등 보카치오 삶의 비밀스러운 구석들이 그의 삶 자체를 허구처럼 보이게도 한다.

창작 시기

보카치오의 작품들은 창작 시기를 기준으로 크게 네 가지로 분류할 수 있다.

(1) 『필로콜로 *Filocolo*』
『필로스트라토 *Filostrato*』
『테세이다 *Teseida*』
『디아나의 사냥 *Caccia di Diana*』

나폴리에서 지내던 젊은 시절에 쓰기 시작했거나 완성한 작품들이다. 이들 작품의 창작 연도는 확실하지 않지만 비토레 브란카(Vittore Branca)의 주장에 의하면, 『디아나의 사냥』은 1334년, 『필로스트라토』는 1335년, 『필로콜로』는 1336년, 『테세이다』는 1340년 피렌체로 돌아온 직후에 씌어졌다.

『필로콜로』는 제목 자체가 사랑의 역경을 의미한다. 도중에 고난을 겪지만 행복하게 끝을 맺는, 중세에 널리 확산된 사랑의 극적인 이야기를 들려주는 장편 산문이다. 『필로콜로』가 이탈리아 최초의 산문 소설이라고 한다면, 『필로스트라토』에서 보카치오는 8행 연구(聯句)의 운율을 도입하면서 새로운 장르를 실험한다.

『필로스트라토』는 그리세이다(Griseida)를 향한 트로이올로(Troiolo)의 불행한 사랑을 그린다. 보카치오가 피암메타를 포기할 때 썼던 것으로 미루어, 작가의 자전적 경험을 옮긴 것으로 볼 수 있다. '필로스트라토'는 '사랑에 정복당하고 굴복한 남자'라는 의미를 갖고 있다. 그것은 보카치오 자신을 가리키는 것이기도 하다. 『필로스트라토』는 행복에 관한 이야기인 동시에 여자의 변심으로 행복을 상실한 이야기다. 보카치오는 여자란 믿어서는 안 될 존재이고, 바람에 흔들리는 잎처럼 쉽게 변한다고 생각했던 것 같다.

『테세이다』는 더욱 비극적인 줄거리를 담고 있는 8행 연구 형식의 시다. 테베의 전쟁을 배경으로 아르치타(Arcita)와 팔레모네(Palemone)가 에밀리아(Emilia)를 사이에 두고 사랑의 경쟁을 벌이는 것이 주된 내용이다. 친구이자 적인 두 사람은 결투를 벌인 끝에 아르치타가 승리하지만 상처를 입고 죽어가면서 팔레모네와 결혼하라고 에밀리아에게 부탁하는 것으로 결말이 난다.

『디아나의 사냥』은 고대 신화와 기독교의 알레고리에 기울어 있는데, 단테에 대한 존경심으로 가득 차 있던 보카치오의 청년 시절의 내면을 잘 보여준다.

이들 네 작품에 공통적인 것은, 먼저 사랑을 중세적 낭만으로 고양하고 찬미하는 내용이라는 점이다. 『디아나의 사냥』에서는 사랑의 여신 비너스가 젊은 여성의 상징 디아나를 지배하고, 『필로콜로』에서 사랑은 필로콜로의 부드러운 마음에 불꽃을 당기며, 『테세이다』에서 사랑은 중세의 충성과 우정을 포괄하고, 『필로스트라토』에서 사랑은 젊은 전사의 희생을 불러온다. 여기에 나타나는 기사도와 사랑의 주제들은 당시 궁정 사회에서 오랫동안 친숙한 주제였고, 지배계급뿐만 아니라 하층민들 사이에서도 인기가 있었다.

또 다른 공통점은 중세의 전형적인 분위기를 띤다는 것이다. 『필로콜로』는 동양에서 건너와서 12세기 프랑스에서 〈Floir et Blanceflor〉로 처음으로 운문으로 정착되었던 오래된 사랑 이야기에 기반을 둔다. 『디아나의 사냥』에는 프로방스 문학에서 나타나는 정숙한 여자들의 목록이 들어 있고, 『필로스트라토』와 『테세이다』는 나중에 보이아르도(Matteo Maria Boiardo)와 아리오스토(Ludovico Ariosto), 탓소(Torquato Tasso)와 같은 이탈리아 작가들에게까지 지대한 영향을 미쳤다. 이탈리아 밖에서도 보카치오의 작품들은 크게 호응을 받아, 초서는 『필로스트라토』에서 영감을 얻어 『트로일로스와 크리세이다 *Troilus and Creseyde*』를, 셰익스피어는 『트로일로스와 크리시다 *Troilus and Cressida*』를 썼다.

(2) 『아메토의 요정 *Ninfale d'Ameto*』
『사랑의 시선 *Amorosa visione*』
『피암메타 부인의 애가(哀歌) *Elegia di Madonna Fiammetta*』

『피에졸레의 요정 *Ninfale fiesolano*』

보카치오가 피렌체로 돌아와 『데카메론』을 쓰기 전까지 나온 작품들이다. 앞 시기의 작품들처럼 여기서도 사랑의 힘을 찬미한다. 그러나 메시지의 전달 방식은 단순한 서사보다 풍부한 알레고리에 기반을 두고 있다.

산문과 3행 연구 운문으로 이루어진 『아메토의 요정』(1341~1342)과 역시 3행 연구 형식의 시 50편으로 이루어진 『사랑의 시선』(1342~1343)에서는 단테의 영향이 감지된다. 보카치오는 이 두 작품에서 피암메타를 향한 사랑을 하느님과 진실에 대한 사랑으로 고양시키고 있다. 『아메토의 요정』에서는 상징성을 띤 요정들이 부박한 양치기들에게 덕과 고상함을 가르친다. 고귀하고 거룩하게 빛나는 사랑의 힘을 『데카메론』에서보다 더 뛰어난 필치로 묘사한다. 특히 『데카메론』이 짧은 단편으로 이루어졌기 때문에 사랑과 사랑스러운 모습에 대해 세밀하게 묘사하기가 힘들었던 데 반해, 『아메토의 요정』에서는 여유와 열성을 발휘하면서 그보다 한 세기 뒤의 르네상스 화가들이 그렸을 법한 방식으로 금발 또는 갈색 머리의 여자들을 세밀하게 묘사한다. 이는 인간의 외면을 날카롭게 포착하고 묘사하는 이탈리아 민족의 예술적 감각을 증명하는 것이다.

『사랑의 시선』에 등장하는 사랑에 빠진 자는 베아트리체를 통해 천국의 여러 하늘을 안내받을 때의 아직은 미성숙한 존재로 묘사되는 단테의 모습과 닮아 있다.

『피암메타 부인의 애가』는 산문 소설로서 1343년에서 1344년에 걸쳐 씌어졌다. 여기서는 보카치오 자신을 형상화한 듯한 판필로(Panfilo)가 피암메타를 떠나면서 겪는 사랑의 고통과 질투를 피암메타의 1인칭 시점에서 그린다. 일관된 흐름을 견지하지 못하고 군데군데 상투어 취향에 빠져 있고 신화와 고대의 요소들도 적절히 혼합되지 못했지만, 날카로운 관찰력으로 인간의 마음을 세밀하게 그린 작품이다. 사실적인 세부 묘사와 심리적 표현의 진정성으로 해서 어느 정도까지 현실이 문학 구조 속으로 옮겨지고 있는지 측량하기 어려울 정도로 안정된 창작 세계를 보여주고 있어, 오늘날에도 독자의 공감을 불러일으킨다. 이 작품은 이전의 제도적 장르로 분류하기는 힘들고, 이어지는 새로운 산문 장르의 발전에 한 역할을 한다. 부르크하르트는 『피암메타 부인의 애가』가 단테의 『새로운 삶』과 짝을 이루는 여성적인 대응물이거나, 거기에 자극받아 씌어진 작품이라고 평했다.[5)]

감정이나 문체 면에서 가장 뛰어난 작품은 역시 8행 연구로 이루어진 『피에졸레의 요정』이다. 1346년경에 집필된 이 작품과 함께 보카치오는 『데카메론』 이전 시기를 마감한다. 40대 초반에 피렌체로 돌아온 보카치오는 요정 멘솔라(Mensola)를 향한 아프리코(Affrico)의 사랑을 피에졸레 언덕을 배경으로 그린다. 멘솔라는 처음에는 아프리코와 사랑에 빠지지만, 이를 후회하고 아프리코를 거부해 그를 죽음으로 몰고 간다. 이후 아프리코의 아이를 낳은 멘솔라에게 달의 여신 디아나(Diana)는 벌을 주어 아이를 강으로 만들어버린다. 아이는 나중에 할아버지와 할머니의 도움으로 어떤 지역을 다스리는 군주가 되는데, 그곳이 바로 피렌체다. 보카치오는 전설적인 이야기를 회고하고 자기 시대의 현실을 참고하면서 신화의 신비를 탈신화적 시각으로 바라본다. 세련된 속어 문체로 오늘날도 아주 유연하게 읽히는 이 작품을 통해, 보카치오는 자신의 시적 재능의 두께를 보여준다. 이 작품에서 보여준 상상과 언어의 실험은 『데카메론』으로 완성된다.

(3) 『유명한 여자들 *De claris mulieribus*』
『유명인들의 운명에 대하여 *De casibus virorum illustrium*』
『산과 숲, 샘, 호수, 강, 늪 또는 습지와 바다의 이름에 대하여 *De montibus, silvis, fontibus, lacubus, fluminibus, stagnis seu paludibus, et de nominibus maris*』
『이교 신들의 계보 *De genealogia deorum gentilium*』
『목가시 *Bucolucum carmen*』

이 저작들은 계속해서 개정되었기 때문에 정확한 출판 연대는 알려지지 않고 있다. 라틴어를 사용한 학문적 저작들이 라는 점에서 속어로 된 창작물인 이전의 작품들과는 뚜렷하게 새로운 방향을 취한다. 그동안 문학사 연구가들의 관심 밖에 있었지만 현대에 와서는 다시 흥미롭게 연구되고 있다. 왜냐하면 보카치오의 생애에 관한 자료들이 들어 있을 뿐 아니라, 『이교 신들의 계보』에서는 자신의 창작 방식에 대해서도 밝혀놓았기 때문이다. 이 작품들은 보카치오가 인문주의 학자로서 연구한 결실들이다. 특히 보카치오 스스로도 그리스어를 고통스럽게 습득하여 자랑스럽게 사용하면서 그 이전의 창작들로서는 가능하지 않았던 특권적 위치를 갖게 해주었다.

유명한 여성들의 전기를 모은 『유명한 여자들』(1361~1362)은 페트라르카의 『유명인들에 대하여 *De viris illustribus*』를 보충한 글이며, 『유명인들의 운명에 대하여』(1355~1363)도 페트라르카의 『각자의 운명 치유에 관하여 *De remediis utriusque fortunae*』에서 영향을 받았다. 그리고 『산과 숲, 샘, 호수, 강, 늪 또는 습지와 바다의 이름에 대하여』(1355~1364)는 고전에 나온 지명들을 모아 편찬한 것이며, 『이교 신들의 계보』(1350~1363)는 일종의 백과사전으로 죽을 때까지 계속 개정되었다. 당대의 사건들을 우의적으로 재현한 『목가시』(1351~1366)는 라틴어로 씌어졌기 때문에 이 범주에 넣을 수 있고, 연구서라기보다는 자서전에 가깝다. 단테와 페트라르카가 단시(短詩)에서 보여준 고전적 형식을 따르고 있다.

(4) 『단테 연구 *Trattatello in lode di Dante*』

『코르바치오 *Corbaccio*』

전기와 메모 및 비평이 섞인 『단테 연구』는 위의 세 범주 중 어느 하나에 넣기가 곤란하다. 『신곡』의 지옥편 1곡에서 16곡까지에 대한 주석이 들어 있다. 보카치오 자신을 버린 한 미망인에 대한 풍자로 가득 찬 『코르바치오』는 언어와 내용 면에서 『데카메론』에 가장 가까운 스타일이다. 육체적으로, 도덕적으로 무른 여성의 모습을 냉철하게 탐사한다.

2 장 — 작품론

Giovanni Boccaccio

개요

보카치오는 『데카메론』으로 널리 알려져 있지만, 그 밖에도 이탈리아어로 쓴 문학작품이나 라틴어로 된 학술 연구서들로도 문학과 학문, 역사에서 상당한 가치를 인정받아야 한다. 상당수의 비평가는, 보카치오가 『데카메론』을 쓰지 않았더라도 아마 유럽 문학과 역사에서 거대한 모습으로 남아 있었을 거라고 말한다. 『데카메론』 이외의 작품들에서 보카치오는 본질적으로 고귀한 분위기를 지키고자 했다. 고결한 신분의 왕자와 귀부인을 등장시키고, 저속한 표현과는 거리가 먼 알레고리를 사용하며, 종교적인 품위가 깃든 사고를 펼쳤다. 분명 학식을 갖춘 세련된 독자를 대상으로 하고 있었다.

그러나 보카치오를 위대한 고전 작가로 만든 것은 단연

『데카메론』이다. 『데카메론』과 함께 보카치오는 당대의 독자들을 신세계로 인도했다. 다듬어지고 안정된 환상의 세계로부터 있는 그대로의 냉혹한 현실의 세계로 독자를 이끈 것은, 당시에는 『데카메론』이 처음이었다. 『데카메론』에서 재현되는 현실의 세계에서 사람들은 저마다의 생각을 지니고 저마다의 목적을 추구하며 계산이 환상으로 대체된다. 이들을 있는 그대로 재현하면서 드러나는 현실의 더럽고 지저분한 면이 독자에게는 충격으로 다가온다. 그런가 하면 『데카메론』에 깔린 웃음과 해학은 독자를 편안하고 낙관적으로 이끌어 현실 세계로의 진입을 부드럽게 만들어준다.

보카치오는 『데카메론』을 1349년경부터 쓰기 시작하여 1351년에 완성했다. 수세기 동안 유럽에서 거의 풍토병이 되다시피 한 흑사병이 1348년 피렌체를 덮쳐, 아버지와 계모, 친구 등 주위 사람들이 죽어나가자 보카치오는 큰 충격을 받고 『데카메론』을 구상했다. 『데카메론』은 당시 문단으로부터 차가운 반응을 받았지만 일반 대중에게는 선풍적인 인기를 끌었다. 『데카메론』은 발간 즉시 번역되어 유럽 대륙의 각지로 퍼져나갔고, 『데카메론』에 나오는 이야기들은 많은 사람에게 화제와 인용의 대상이 되었다. 인쇄술과 종이가 제대로 발달되지 않았던 시절에 그렇게 파급되었다는 것 자체만도 놀라운 일이었다.

DEL DECAMERONE DI .M. GIOVANNI
BOCCACCIO PROEMIO.

VMANA Cosa, è, lhauere compassione agli afflitti, & come che adciascuna psona stia bene, ad coloro maximamente, è, richiesto, liquali gia hāno di conforto hauuto mestieri, & hannolo trouato in alcuno, fra iquali se alcuno mai nhebbe, o gli fu charo, o gia ne riceuette piacere, Io sono uno diquegli, percio che dalla mia prima giouanezza insino ad questo tēpo, oltre a modo essendo stato acceso da altissimo, & nobile amore forse piu assai, che alla mia bassa cōditione non parrebbe, narrandolo io, si richiedesse, quantunque appo coloro, che discreti erano, & alla cui notitia puenne, lo ne fussi lodato, & da molto piu reputato. Non dimeno misu egli di grandissima fatica à sofferire, certo non per crudelta della donna amata, ma p superbio amore nella mente conceptо da poco regolato appetito, ilquale percio à niuno regolato, o cōueneuole termine mi lasciaua contento stare, piu di noia che dibisogno non era, spesse uolte sentire mi facea, Nellaqual noia tanto refrigerio gia mi perso

피렌체에서 발간된 『데카메론』

보카치오는 페트라르카의 도서관을 이용했던 것으로 보인다. 이 도서관은 당시 이탈리아에서 가장 풍부하고 완벽하게 원전과 필사본을 모아놓은 곳이었다. 또한 사자생(寫字生)을 두어 책을 만들고 희귀본을 교환하는 진정한 의미의 출판사이기도 했다. 페트라르카의 도서관은 지적 생산물의 보존소였으며 당대 지식인들의 정신적 중심지 역할을 했다. 고전의 이상은 당시에 중요한 역할을 했기 때문에 고전 원전의 수집과 번역 및 연구는 인문주의자들의 주요한 활동이었다. 이 도서관을 통해 보카치오는 그리스와 로마의 문학과 신화, 음유시인들을 통해 전해오던 전설, 이탈리아 여러 지방의 민담, 그리고 페르시아와 인도, 중국의 설화 등을 접하고, 거기에 자신의 상상력과 인문주의자로서의 사명감을 더하여 100편의 이야기를 구성했다. 『데카메론』은 시간으로 보아 고대부터 중세까지, 공간으로 보아 이탈리아를 비롯하여 프랑스, 독일, 영국 등 당시 형성되던 유럽의 전 지역에 걸친다.

보카치오는 『데카메론』의 첫 번째 날에 수록한 프롤로그에서 이 작품을 쓰게 된 배경을 직접 들려준다. 1348년 흑사병이 전 유럽을 휩쓸던 어느 화요일 아침, 서로 친구이거나 이웃 또는 친척 관계인 귀부인 일곱 명이 피렌체의 산타 마리아 노벨라(Santa Maria Novella) 교회에서 만난다. 이들의 나이는 대개 열여덟 이상에서 스물여덟 미만이다. 보카치오는 이들의 젊음을 강조하려 하는 듯하다. 『데카메론』의 전체 분위기를 낙천적이고 긍정적이며 발랄하게 만들고자 했을 뿐 아니라 보카치오 자신이 서른넷이라는 점도 작용했던 것 같다. 이들은 모두 귀족 가문 출신으로, 수려한 외모에 총명하고 정숙하며 낙천적인 사람들이다. 또한 서로 잘 알고 있고, 좋은 교육을 받았으며, 지식과 지혜에다 예술적 재능까지 갖춘 동질적인 집단이다. 보카치오는, 이들의 본명은 굳이 밝힐 필요가 없다면서 다만 이들 각자가 할 이야기들이 헛갈리지 않고 서로 잘 이해되도록 하기 위해 그 성격에 따라 이름을 붙인다고 말한다. 이들의 이름은 보카치오가 이전 작품에 썼던 이름(필로메나, 피암메타, 에밀리아, 팜피네아, 디오네오, 필로스트라토, 판필로)이거나 다른 문학작품에 나오는 이름(베르길리우스의 엘리사, 청신체파 시절 단테의 네이필레, 페트라르카의 라우레타)이다.

일곱 명의 귀부인은, 흑사병이 창궐하여 주위 상황이 무절제하고 오염되어 있다고 판단하고 자신들의 건강을 위해 도시에서 빠져나가 깨끗한 생활을 하는 것이 좋겠다고 의기투합한다. 그런데 여자란 변덕스럽고 툭하면 다투고 의심이 많고 겁을 잘 내기 때문에, 남자에게 의탁하지 않으면 그들의 모임이 깨질 수 있다고 여겨 남자를 찾던 중, 마침 스물다섯 살쯤의 씩씩하고 혈기 넘치는 젊은 청년 세 명이 교회에 들어오는 것을 발견한다. 이들 역시 이렇게 세상이 혼란스러울 때는 연인이 가장 듬직한 위안이 된다는 생각에서 연인을 찾아 나선 길이었다. 이들 남녀는 서로 알고 또 서로 좋아하는 사람들이 섞여 있던 터라, 금방 뜻을 같이하여 그 다음 날인 수요일 아침에 하인 몇을 거느리고 피렌체 교외의 피에졸레 언덕에 위치한 별장으로 떠난다. 디오네오의 말에 의하면, 이들이 시내를 떠나 별장에 머무르는 목적은 오직 슬픔에서 달아나기 위한 것이다.

이들 남녀의 피신은 흑사병뿐만 아니라 도덕적 오염과 사회적 타락으로부터 벗어나려는 것을 의미한다. 이들은 흑사병이라는 공공의 적에 대처하는 공동 의식을 지니고 있다. 이들의 피난은 죽음을 가져오는 흑사병을 피한다는 점에서 삶에 대한 애착을 보여주는 동시에, 당대의 타락한 피렌체를 고발하는 역할과 그 정신을 상징하기도 한다.

모인 사람들의 성격은 제각기 상징성이 강하다. 보카치오 자신을 상징하는 것으로 보이는 판필로(Panfilo)는 재능 있는 청년으로서 피암메타(Fiammetta)와는 애인 관계에 있다. 필로스트라토(Filostrato)는 사랑 때문에 불행에 빠져 고뇌하는 유형이고, 디오네오(Dioneo)는 호색한, 팜피네아(Pampinea)는 풍족하고 행복한 여자, 필로메나(Filomena)는 정열적인 여자, 엘리사(Elissa)는 짝사랑에 열중하는 새침데기 사춘기 처녀, 네이필레(Neifile)는 젊고 쾌활하고 감수성이 예민한 처녀, 에밀리아(Emilia)는 자기밖에 모르는 여자, 라우레타(Lauretta)는 질투심이 많은 여자, 피암메타는 자신의 사랑을 즐기는 여자로 설정되어 있다.

이들 열 명의 남녀는 열흘 동안 하루에 한 가지씩 돌아가면서 이야기하며 놀기로 한다. 이야기의 주제는 첫 번째 날과 아홉 번째 날은 자유롭다. 나머지 날들은 일정한 주제가 주어지고 거기에 맞추어 이야기를 이어나간다. 대체로 디오네오만이 유일하게 주제에서 어느 정도 벗어난다. 이야기의 진행을 위하여 매일 그날의 왕 또는 여왕이 정해지며, 그날의 끝에는 무리의 조화를 위해 춤과 노래로 마무리한다. 열흘 동안의 주제는 다음과 같다. 첫 번째 날은 각자가 가장 마음에 드는 주제, 두 번째 날은 온갖 고난을 겪은 끝에 행복한 결말에 이르는 모험, 세 번째 날은 오랫동안 원하던 것을 손에 넣은 사람들의 이야기, 네 번째 날은 불행한 사랑 이야기, 다섯 번째 날은 역경을 딛고 일어선 연인들의 행복, 여섯 번째 날은 재난이나 치욕을 피하는 격언들을 생각나게 하는 이야기, 일곱 번째 날은 사랑이나 두려움 때문에 여자들이 남편을 골려 먹는 이야기, 여덟 번째 날은 어떤 유형이든 농담거리, 아홉 번째 날은 각자 자기가 좋아하는 주제, 마지막 날은 사랑 또는 다른 종류의 모험을 관대하고 도량 있게 행한 자의 이야기로 구성된다.

『데카메론』의 특징

열 명의 남녀가 모였을 때, 팜피네아는 이야기를 하고 또 이야기를 듣는 즐거움을 오래 지속하기 위해 엄격한 형식을 갖추자고 제안한다(첫 번째 날 프롤로그). 그 제안은 그대로 『데카메론』의 기본 구조를 이룬다. 열 명의 남녀는 날마다 한 명씩 돌아가며 모임의 좌장을 맡아 월계수 관을 쓰고 모임을 이끌면서 그날의 주제를 제시하고, 각자는 그 주제에 따라 한 편씩 이야기를 들려주고, 하루가 끝날 때마다 음악과 춤과 노래로 마무리한다. 이 모임은 금요일과 토요일에는 중단되는데, 금요일은 그리스도 수난일이고 토요일은 한 주 동안 쌓인 피로와 때를 깨끗이 씻는 날이기 때문이다(두 번째 날 열 번째 이야기). 그렇게 이 주일을 보낸 후 그들은 피렌체로 돌아간

워터하우스의 데카메론.

다. 모두 열흘 동안 100편의 이야기가 등장한다.

그리스어로 'deca'는 10을 의미하고 'hemera'는 날짜를 의미하는데, 이 둘의 합성어로 'decameron'이라는 제목이 붙었다. 이 제목은 하느님이 엿새 동안 세상을 창조하는 과정을 그린 성 암브로시우스(Ambrosius)의 『헥사메론 *Hexameron*』을 응용한 것으로, 자기 책이 전혀 새로운 세계를 연다는 포부를 드러낸 것이다. 사실상 그때까지 주위의 현실을 치밀한 구조를 통하여 그렇게 생생한 언어로 거침없이 재현한 글은 찾아보기 쉽지 않았다.

이야기를 들려주는 화자는 이야기를 시작할 때나 끝맺을 때 이야기에 대한 자신의 의견이나 배경 설명을 늘어놓는다.

이는 하나의 이야기가 앞뒤의 이야기 및 전체와 연결되는 방식을 설명하고, 그날 주제와의 관련성을 확인하고 강조하며, 이야기를 들려주는 화자의 의도를 전제하는 역할을 한다. 그런데 우리가 눈여겨볼 것은 『데카메론』 전체에서 화자의 존재가 중층적으로 구성되어 있다는 점이다. 이야기를 들려주는 열 명의 남녀가 기본적인 화자라면, 각각의 이야기 속에 등장하는 인물들도 화자의 입장에서 또 다른 이야기를 들려주기도 한다. 이 모든 화자들과 이야기들 뒤에는 보카치오가 있다. 이들과 이들이 늘어놓는 이야기들은 작가 보카치오가 창작한 허구다. 보카치오는 뒤에 숨어 있기만 하지는 않는다. 그는 책의 머리말과 첫 번째 날 프롤로그, 네 번째 날 프롤로그, 그리고 맺는말에서 직접 전면에 나서서 자신의 창작 의도를 자세히 소개한다. 특히 첫 번째 날 프롤로그에서 흑사병의 배경을 길고 실감나게 묘사한다. 이처럼 『데카메론』 전체는 수많은 화자가 삼중 사중으로 겹쳐 있는 중층적 대화의 세계를 이룬다.

여섯 번째 날의 첫 번째 이야기를 소개하면서, 필로메나는 첫 번째 날 마지막 이야기를 팜피네아가 소개하던 내용을 거의 똑같이 반복한다. 열흘이 처음 닷새와 나중 닷새로 나뉘는 것이다. 아주 체계적이지는 않지만 전체 구조는 주제에 따라 일정한 패턴을 유지한다. 두 번째와 세 번째, 다섯 번째 날은 행복한 결말에 이르는 모험을 다루는 반면, 네 번째 날은 불행한 애정 행각이 주된 주제를 이룬다. 마찬가지로 일곱 번째와 여덟 번째 날은 못된 장난이나 농담을 다루는 반면, 열 번째 날은 반대로 사랑이 깃든 관대한 행동이 주된 주제를 이룬다. 즉, 전반부와 후반부에서 각각 지배적인 주제가 분명히 드러나면서 그중에 하루는 그와 대립되는 주제를 다루는 구조가 반복적으로 이루어지는 것이다.

이러한 반복과 연결의 구조는 각각의 날들에서도 나타난다. 전반부의 두 번째 날 주제와 세 번째 날 주제는 갈등과 시련을 극복하고 원하던 것을 성취하는 행복한 결말의 이야기인데, 두 번째 날의 이야기들이 일반적인 내용으로 채워지는 한편 세 번째 날은 그러한 운명이 일으키는 여러 국면 각각에 초점을 맞춘다. 반면에 후반부의 일곱 번째 날과 여덟 번째 날은 그 순서가 뒤바뀐 꼴로 주제가 선택된다. 일곱 번째 날은 여자의 농간에 남자가 놀아나는 더 구체적인 국면의 이야기가 전개되고, 여덟 번째 날은 주제의 범위가 일반적으로 확대되어 "남자든 여자든 사람들 모두가 서로를 농락하는 이야기"로 구성된다.

『데카메론』의 100편의 이야기들의 주제는 전체적으로 보아 대칭 구조를 이룬다. 첫 번째 날 첫 번째 이야기는 극도로 사악한 세무사 차펠레토 이야기인 반면, 열 번째 날 열 번째 이야기는 극도로 헌신적이고 인내력이 강한 그리셀다의 이야기다. 유다처럼 가장 사악한 사람으로 시작하여 성처녀 마리아 같은 가장 성스러운 사람과 함께 끝을 맺는다. 이런 대립은 상승과 진보, 그리고 발전의 낙관적 성격을 드러낸다. 그러나 나머지 아흔여덟 개의 이야기들이 이 추세에 따라 배열되어 있는 것은 아니다. 장소의 전환에서도 전반부와 후반부는 대칭을 이룬다. 두 번째 날에 열 명의 남녀는 "다른 사람들이 혹시 끼어들지도 모르니 이를 피해서" 장소를 옮긴다. 일곱 번째 날에도 역시 "숙녀들의 계곡"으로 자리를 옮긴다.

이런 대칭들은 완벽하지는 않다. 완벽하지 않은 대칭을 통해 보카치오는 아마 독자와 재미난 숨바꼭질을 하려는 듯 보인다. 완벽한 대칭은 쉽게 알아차릴 수 있어서 오히려 재미없기 때문이다. 날마다 열 명의 화자가 이야기를 들려주는데, 이들의 정해진 순서는 없다. 다만 첫 번째 날 끝에 디오네오는 자기가 매일 마지막 차례에 이야기를 하겠다고 제안한다. 그래서 그는 자연스럽게 마지막 날 마지막 이야기를 맡으면서 『데카메론』의 상승과 발전의 정점에 서서 대단원을 마무리하는 역할을 한다. 디오네오는, 비록 느슨하긴 하지만 엄연히 존재하는 대칭의 질서에 순응하지 않고 관습적 구조에 저항하는 주변부적 존재로 나타난다. 그러면서 그는 『데카메론』을 맨 첫 번째 이야기의 사악한 내용에 대비되는 헌신적 사랑의 이야기로 끝을 맺으면서, 『데카메론』의 궁극적 목표는 바로 거기에 있다는 메시지를 전하는 메신저로서 중심적 역할을 맡는다. 디오네오가 『데카메론』에서 차지하는 위치와 수행한 역할에서 우리는 주변부와 중심이 교묘하게 어우러지는 양상을 찾아볼 수 있다.

핵심 주제들

흑사병

보카치오는 『데카메론』을 쓰게 된 동기를 책머리에서 밝히고 있다. 책 전체의 머리말에서 저자는 흑사병의 기억을 일깨우기 위해 이 책을 썼으며, 직접 눈으로 보고 귀로 들은 모든 이에게 충격적이고도 슬픈 기억인 동시에 부담스럽고 지긋지긋한, 눈물과 한숨을 자아내는 이야기라고 전제한다. 그러나 곧이어 자못 쾌활하게 보카치오는 걱정하지 말라고 독자들을 안심시키면서, 험하고 높은 산이 가로막더라도 그걸 넘어서면 아름답고 즐거운 평야가 펼쳐지는 법이고, 고생이 클수록 즐거움도 클 것이라고 말한다. 과연 『데카메론』에는 배경은 끔찍하지만 그것을 겪고 견디어 이겨나가는 행로는 가볍고도 즐거운 내용이 담겨 있다.

계속해서 저자가 말하는 흑사병의 배경은 이러하다. 보카치오는 1348년 이탈리아에서 가장 번성한 도시 피렌체에 무서운 흑사병이 돌았는데, 이 유행병이 "천체의 작용"에 의한 것인지 "하느님의 정의로운 징벌"인지는 알 수 없지만, 분명한 것은 동양에서 발생하여 서양에까지 전해져 왔다고 말한다. 천체의 작용이란 오랫동안 서양의 지적 전통을 받쳐온 점성술의 측면에서 말한 것 같고, 하느님의 징벌이란 경제적으로 급속한 발전을 이루면서 그에 비례하여 사회와 환경이 극도로 혼란해지던 당시 상황에 대한 종교적 해석일 것이다.

또한 흥미로운 것은, 흑사병의 창궐에 대해서는 인간의 어떤 세련된 지혜도, 하느님에 대한 깊은 신앙도 아무 소용이 없었다고 보는 보카치오의 회의적인 시각이다. 알려진 대로 당시에 유행한 흑사병은 유럽 인구의 3분의 1을 죽음으로 몰았다. 서양 역사에서 죽음의 너울이 그렇게 삽시간에, 그렇게 결정적으로 번진 예는 전무후무했다. 몸에 크고 작은 납빛 혹은 검은 반점들을 새기면서 인간을 파멸시키는 흑사병이, 바이러스에 의한 전염병이라는 사실을 인류는 1894년에야 알게 되었다. 14세기 당시에는 흑사병의 원인을 천체의 작용이라느니 하느님의 징벌이라느니 했지만, 어쨌거나 그때는 치료 방법을 찾지 못했고, 일단 발병하면 사흘 이내에 열도 발작도 없이 죽어가는 것을 바라봐야만 하는, 인간의 한계를 절감하게 하는 사건이었다.

14세기 유럽에서 실제로 일어난 역사적 사건인 흑사병은 하나의 강력한 은유를 탑재한 메시지를 지금까지 우리에게 전해준다. 흑사병은 때와 장소를 가리지 않고 언제 어디서나 인간이 스스로를 파괴하는 사건으로서의 상징성을 유감없이 발휘해왔다. 14세기 이래 유럽에서 큰 전쟁이나 기근 또는 이상기후가 발생할 때마다, 사람들은 으레 그때 그 병을 떠올리고는 그 병이 실제로 되살아날지도 모른다고 불안해하며, 그것이 얼굴을 바꾸어 인간을 파멸시키는 온갖 형태로 반복되어 나타난다는 생각들을 하게 되었다. 그렇게 생각해보면, 인간이 자연환경을 파괴하고 서로를 죽이고 마침내 스스로 자멸의 길을 걷는 것이 아닐까 하는 두려움이 솟아날 때마다 흑사병은 재발되었던 것이다.

14세기의 흑사병은 역사적 사실로서보다 보카치오의 『데카메론』에서 비교적 자세하게 묘사되어 우리에게 전해진다. 흑사병이라는 그지없이 끔직한 재난에 대한 우리의 지식과 느낌은 허구적 묘사에 지나치게 의존하는 셈이다. 역사학자들은 당시에 수많은 사람이 죽은 것은 사실이지만 흑사병 때문이었다고 단정할 수는 없다고 말한다. 현대의 에이즈가 제3세계와 빈곤 계급에 대한 허구적 기만이고 억압이라는 주장에 견주어 생각해보면, '흑사병' 은 단지 하나의 기호로 볼 수 있다. 그 기호 안에 들어 있는 기의(記意)는 '세균' 보다는 종교·성·문화·사회·가치관·행복 등에 관련된, 당대 이탈리아와 유럽을 초월하여 인류에게 언제든 일어날 수 있는 불행한 문명적 사건으로 보아야 할 것이다. 그렇게 볼 때 14세기 보카치오가 그려낸 흑사병은 우리 시대에도 중대한 의미를 담고 부활할 수 있다.

재능

일곱 번째 날 여섯 번째 이야기(2부 리라이팅 참조)에서, 보카치오는 당시 지배계급의 위선적이고 고루한 사고와 관습을 풍자한다. 여기에는 성에 대한 욕망과 함께 그것을 이용해 기존 체제에서 벗어나려는 욕망이 깔려 있다. 어떤 남자가 사회적 지위에다 존경과 부 그리고 아름다운 아내를 소유하고 있다고 할 때, 그에게는 아무런 문제가 없는 듯이 보인다. 하지만 이 이야기에서 묘사되는 것처럼, 남편이 "항상 한 가지 음식을 사용하지 못하고 자꾸 바꾸기를 바라는 데다 그런 일이 자주 일어나는" 상황에 처하자, 부인은 과감한 결단을 내린다. 부인도 역시 남편을 "적당하지 않다" 고 판단하고 다른 젊은 청년과 사랑을 나눈다. 그 청년은 "명문대가 출신은 아니지만 아주 호감이 가고 예의 바른 사람" 으로 묘사된다. 여기서 '적당한' 혹은 '예의 바른' 이라는 용어들은 성적인 의미를 담고 있다. 부인은 겉만 번지르르하고 실제로는 자신의 욕망을 충족시켜주지 못하며 부정한 일만 저지르고 다니는 남편에게서 벗어나려 하거나 남편을 거역하고자 한다. 그리고 그러한 벗어남과 거역의 작업이 위험에 빠지자 재능을 발휘해 위험에서 빠져나간다.

이 이야기는 성의 문제를 중심으로 전개된다. 그것은 그 시대의 사회가 성에 관심을 두면서도 이를 철저히 억압하고 통제했고, 또 그 속에서 성의 욕망이 은밀하게 분출되고 채워졌다는 것을 보여준다. 이 이야기에서 남편이라는 인물이 사회의 보편적 이념을 상징한다면, 여자는 그러한 외적 상징 내부에 존재하는 또 다른 현실을 보여준다. 그런데 이념이 현실을 좇아가지 못할 때 거기에서 비극이 생겨나고, 이 비극은 곧 전체적인 비극으로 인식되기에 앞서 우선 개인적인 비극으로 스며든다. 남편은 사회적으로 나무랄 데 없는, 즉 이념적으로는 완전한 사람이지만, 적어도 부인에게는 불완전하다. 이념적인 완전함보다 현실의 불완전이 부인에게는 훨씬 더 절박하다. 그녀는 그러한 위선적인 이념에 굴복하기보다는 자신의 현실을 타개해가는 쪽을 선택하며, 그 실행에 조금의 주저함도 없다. 그리고 그런 도발적이고 반항적인 행동이 위험에 처하자 개인적인 재능을 발휘하여 빠져나온다. 결국

이 이야기 속에서 우리는 남편이라는 사회와 부인이라는 개인의 대립 구도를 발견할 수 있고, 그럼으로써 당대의 부조리하고 위선적이며 부패한 사회의 지도 원리, 즉 이념을 비판하는 작가의 의식을 엿볼 수 있다. 무엇보다 이 이야기에서 주목할 것은 사회적으로 통제된 상황 속에서 그 통제를 벗어남으로써 발생한 위험을 개인의 재치로 무사히 넘기는 부인의 모습이다. 이는 당대 사회 전체에 대한 개인의 도전이자 승리를 의미하는 동시에, 인문주의적 재능의 개념이 적용된 것으로 볼 수 있다.

인문주의

보카치오가 살았던 시대는 인류 역사의 대전환기였다. 지구 중심의 사고방식이 태양 중심의 우주관으로 바뀐 것만큼이나 인문주의 운동은 인간의 정신적 체계를 완전히 변화시켰다. 모든 것이 신을 중심으로 이루어졌던 중세적 체제에서 인간 중심적인 체제로 옮아갔다는 것은 코페르니쿠스적 혁명으로 불릴 만큼 획기적인 역사적 사건이자 인식의 전환이었으며, 그것은 현대까지 인간 중심의 문화라는 형태로 지속되고 있다.

인문주의는 이탈리아에서 시작된 이탈리아적인 운동이었다. 단테를 중세 문화의 완결자로 본다면, 페트라르카와 함께 보카치오는 신세계의 개척자로 보아 마땅할 것이다. 『데카메론』에서 보카치오의 인문주의는 반복되고 변형되어 나타나면서 작품의 주된 모티브를 이루고 있고, 작품의 사상적 기초로서 뚜렷이 부각된다. 보카치오의 인문주의가 어떻게 작동했는지 살펴보기 위하여 첫 번째 날 세 번째 이야기의 여러 판본들을 비교해보고자 한다.

우선 첫 번째 날 세 번째 이야기의 줄거리를 요약해보자. 지극히 용맹하고, 천한 신분에서 카이로의 술탄까지 되었을 뿐만 아니라 사라센과 기독교국의 왕들과도 싸워 수많은 승전을 거둔 바 있는 살라디노[6]는, 거듭되는 전쟁과 자신의 사치스러운 생활로 인해 재산을 완전히 탕진해버린다. 고심하던 끝에 그는 고리대금업자인 유대인 멜키세덱을 생각해냈다. 그런데 유대인은 너무 인색한지라, 자진해서 돈을 빌려주지는 않을 것 같아 궁리 끝에 적당한 구실을 붙여, 권력을 발동하지 않고, 돈을 꾸기로 작정했다. 그는 유대인을 불러 그에게 유대교와 이슬람교와 기독교 가운데 가장 좋은 종교가 어떤 것이냐고 물었다. 지혜로운 유대인은 말꼬리에 트집을 잡을 생각이라는 것을 알고, 상대의 함정에 빠지지 않도록 그럴듯한 말로 세 종교 중 어느 하나도 찬양하지 않았다. 대신 세 개의 반지 이야기를 왕에게 들려주었다. 그 내용은 다음과 같다.

"세 아들을 둔 어느 부자가 대대로 상속자에게 물려 내려오는 반지를 셋 중 어느 하나에게 주어야 하는데, 그는 세 아들을 모두 똑같이 사랑했기 때문에 어느 하나를 선택할 수 없었다. 게다가 세 아들 모두 가장 명예로운 후계자가 되기를 바라고 있었다. 그래서 아버지는 똑같은 반지를 두 개 더 만들어 모두에게 나누어주었다. 아버지가 돌아가시고 난 뒤, 아들들은 저마다 반지를 내어놓으며 서로 정통성을 주장했지만, 끝내 해결을 볼 수 없었다. 마찬가지로 세 종교는 각각의 유산을 갖고 있고, 저마다의 올바른 계율을 지니고 그 가르치는 바를 대대로 전하고 있다."

이러한 이야기를 들은 살라디노 왕은 유대인이 용하게도 자신의 계책에서 교묘하게 빠져나간 것을 깨닫고는 차라리 자기의 요구를 솔직하게 털어놓고 들어주겠는지를 단도직입적으로 물어보기로 했다. 유대인은 왕의 요구를 관대하게 받아들였고, 그 후 왕은 그에게 진 빚을 모조리 갚고 그 이상의 선물도 주었으며, 그를 친구로서 대우했다.

이 이야기는 보카치오 시대를 전후하여 여러 문헌에서 발견된다. 따라서 이야기 자체는 보카치오의 창작이라기보다는 서양 역사에서 널리 형성된 우화에 근거하는 듯하다. 보카치오의 독창성은 두 주인공의 개성을 강조하는 데서 나타난다. 마지막에 그들은 서로를 인정하고 신뢰 깊은 우정을 형성한다. 그 우정은 재능의 우정이다. 유대인은 매우 인색한 사람으로 묘사되고 또 살라디노의 요구를 교묘하게 피하지만, 결국에는 일치된 뜻과 함께 친애와 믿음의 국면을 만드는 것으로 끝을 맺는다. 살라디노 역시 부분적으로는 술수를 부리고 권능을 행사하려 하지만, 결국에는 유대인에게 마음의 문을 연다. 그들에게 종교적 신앙은 어떤 가치도 없다. 대신 그들은 현실의 상황을 타개해나가는 재능에만 관심을 둔다.

바로 여기에 보카치오의 문학이 있다. 그의 문학은 재능의 덕에 바탕을 두는 인간 본위의 정신 위에 서 있다. 살라디노는 유대인에게 돈을 원하지만 그렇다고 권력을 사용하고 싶어 하지는 않는다. 물론 그는 자신의 필요를 해결하기 위해 유대인을 어떻게 부려야 하는지 그 방법을 찾으려는 일념에서 그에게 권력을 행사할 것을 암시한다. 그러나 살라디노가 내내 주의하는 것은 돈을 요구하는 형태가 외교적인 색채를 띠도록 한다는 것이다. 이에 대해 멜키세덱도 그에 못지않게 자신의 재능을 발휘하여 위기에서 빠져나온다. 궁극적으로 보건대, 멜키세덱이 유능하다면 살라디노는 최고로 유능하다. 왜냐하면 살라디노는 어쨌든 결국에는 멜키세덱으로부터 저절로 돈이 나오도록 하기 때문이다.

이 이야기는 "멜키세덱 이야기"라는 제목으로도 알려져 있다. 그런데 차라리 "살라디노 이야기"로 불러도 좋을 것이다. 살라디노는 처음부터 끝까지 중심적 역할을 하는 실질적인 주인공이기 때문이다. 제2의 주인공 멜키세덱은 처음에는 살라디노의 가능한 희생자이고, 나중에는 경쟁자이며, 종국에는 동료가 된다. 제2의 주인공으로서 멜키세덱의 이러한 계속적인 발전과 상승은 오히려 살라디노의 현명함과 신중함의 가치를 더욱 뚜렷이 해준다.

프랑스와 이탈리아의 여러 문헌에 '살라디노'라는 이름은 현명하고 우월한 인간의 전형이고, 다른 종교에 대해 관용을 베푸는 자유와 겸손의 상징적 존재로 등장한다.[7] 진정한 작가이길 원했던 보카치오는 그의 시대적 상황에 맞게 우화를 재구성하면서 살라디노를 등장시킨다. "멜키세덱 이야기"에서 집중적으로 강조되는 모티브는 바로 인문주의적 가치인 재능의 덕에 대한 찬미다. 이 재능의 덕이란 종교적인 덕과는 범주를 달리하는 정치적이고 현세적이며 경제적인 덕을 말한다. 첫 번째 날의 거의 모든 이야기는 인문주의적 의미의 덕, 이성적인 덕, 정치적인 덕에 관한 것들이고, 여기서부터 인간중심적 사상의 뿌리가 엿보인다. 이러한 새로운 종류의 재능의 덕을 펼치는 이야기들로 해서 보카치오는 "이성의 시인"이라 정의되기도 한다.[8] 그러나 이 정의는 다소 협소해 보인다. 왜냐하면 어떤 한 작가의 총체적인 개성은 하나의 형태, 하나의 정의로 제한되기 힘들고, 또 "이성의 시인"이라는 정의가 보카치오의 이성을 너무 현대적인 이성의 감각, 즉 데카르트 이후의 선험적·관념적 주체와 관련된 개념으로 파악한 것일 수 있기 때문이다. 즉, 보카치오답지 않다는 것이다.[9]

그렇다면 보카치오답다는 것은 무엇인가? 보카치오가 생각하는 이성의 개념은 독특하다. 데카르트식의 관념적 이성이 개별적 주체를 그 선험적인 범주 속에 묻어버림으로써 개인의 존재성을 크게 위축 또는 추상화시키는 반면, 이성에 대한 보카치오의 의미 부여는 개인의 재능의 가치를 드높이는 역할을 한다. 이러한 보카치오의 개념은 초현세적이고 집단적인 기존의 중세 기독교 문화에 대치되는 새로운 현세적인 의미를 지니는 계율이며, 독립적인 지위를 확보한 작가에 의해 탐구되는 신앙이다. 이러한 방향에서 보카치오는 인간의 중요성을 부각시키고 있고, 이로써 사회적 존재로서의 인간 중심적인 사상이 성립되는 것이다.

예를 들어 보카치오보다 중세적 성향을 훨씬 더 강하게 드러내는 단테에게 이슬람교나 유대교는 하등의 가치를 지니지 않는다. 그에게는 오직 기독교라는 하나의 진실만 있고, 그 외의 것은 그의 세계에 직접적으로 존재하지 않거나 적어도 시인의 환상에 강한 영향을 주지 않는다. 반대로 보카치오에게는 다양성으로 가득 찬 세계가 있다. 그의 작품 세계에는 이슬람교도와 유대인 및 기독교인이 등장하지만, 이들 중 어느 하나에 대한 찬양이나 비난의 흔적은 없다. 이들은 재능의 덕이라는 새로운 범주 안에서 뭉쳐진다.

이전에 나온 똑같은 내용의 판본들을 먼저 살펴보자. 1261년경 죽은 도메니카 교단의 프랑스인 수도사 스테파노 디 보르보네(Stefano di Borbone)가 쓴 책에서 발견되는 동일한 구성의 우화는, 호교적인 특징과 더불어 완전히 중세적인 체계 위에 서 있다. 이 우화는 모든 질병을 치료할 수 있는 능력을 지닌 반지를 한 개 소유하고 있는 부자에 관한 이야기다. 그에게는 부인과의 사이에 합법적인 딸이 하나 있었으나, 나중에 부인은 다른 데서 딸을 여럿 낳고 이들도 합법적인 딸이라고 속이려 한다. 그러나 부자는 속지 않고 원래의 진짜 합법적인 딸에게 진짜 반지와 상속을 넘겨준다. 결국에는 다른 딸들이 지닌 반지는 무용지물로 밝혀지고, 상속인은 그의 유일한 합법적인 딸로 확정된다.

여기서 바로 호교적인 기독교의 특징이 드러난다. 즉, 그 반지들이 모두 좋은 것이 아니고, 하나를 제외하고는 모두 가짜라는 부분에서 나타난다. 저자인 스테파노는 자신의 종교와 다른 종교들을 같은 위치에 놓지 않는다. 다른 반지들은 가짜여야만 한다. 아버지로부터 주어진 것이 아니다. 왜냐하면 하느님이 여러 가지 종교를 주었다고 생각하는 것은 불경스러운 일이고, 그러므로 그것들 중 하나 이외에는 모두 거짓이라고 생각해야 하기 때문이다. 그 하나 이외에 다른 종교들은 사람이 만든 것이다. 다시 말해 가짜 반지를 가진 비합법적인 딸들을 가리킨다. 이와 같이 이 우화에는 기독교를 수호하려는 호교적이고 종파적인 특징이 극명하게 드러난다.

프랑스에는 이런 이야기의 또 다른 판본이 있다. 1270년에서 1294년 사이에 완성된 『진짜 반지 이야기 *Le dit du vrai anneau*』라는 문헌에서 발견되는 이야기다. 이것 역시 호교적인 특징뿐만 아니라 기독교 교리에 입각한 교훈적이고 정치적인 성격을 지닌다. 아버지로부터 진짜 반지를 셋째 아들이 상속받자, 이를 시기하는 악덕한 두 아들이 반지를 가진 셋째 아들을 해치려 한다는 내용이다. 여기서는 기독교 교회를 해치려는 비신도와, 이교도를 박멸하는 운동(십자군 운동)을 추진하라는 기독교 군주들에 대한 권고가 명백히 드러난다.

한편 13세기 말에서 14세기 초에 영국에서 구성된 교화적인 이야기들의 묶음으로 유일하게 전해 내려오는 『로마인의 설화 *Gesta Romanorum*』에서도 기독교적으로 구성된 비슷한 우화가 나온다. 아버지가 자식들에게 재산을 물려주는데, 첫째에게는 땅을, 둘째에게는 보물을, 셋째에게는 땅과 보물의 가치에 상응하는 반지를 준다. 여기서 아버지는 예수를 상징하고, 세 자식들은 각각 유대교도, 이슬람교도, 기독교도를 상징하며, 그들이 상속받은 것도 각각 약속받은 땅, 지상의 보물, 신앙을 가리킨다. 결국 이 우화가 말하는 것은 다른 종교들에 대한 기독교의 정신적 우월성이다. 기독교인은 신앙이라는 정신적인 상속자로서 만족해야 하고, 나머지 현세적인 지배는 다른 교도들에게 돌려도 된다는 뜻이다. 십자군 운동의 실패도 하느님의 뜻에 역행한 데서 비롯된 것이라는 사실이 여기서 상징적으로 나타난다. 앞에서 예로 든 프랑스 문헌의 우화와 함께 이 우화는, 십자군 운동을 권고하는 것이든 십자군 운동의 실패를 교훈으로 삼고자 하는 것이든, 기독교의 우월성을 인정하고 그것을 적극적으로 수호하고 발전시키려는 의도를 드러낸다.

이와 같이 보카치오 이전 시대의 문헌들에서 발견되는 우화들은 중세적 정신으로 가득 차 있다. 그들이 보카치오가 살던 시대와 세계로 전해졌으리라는 추측을 할 수 있다. 그러나 여기서 그 추측의 진위 여부보다 더 중요하게 보아야 할 것은, 보카치오가 비슷한 구성의 우화들을 『데카메론』의 한 편으로 삽입시키면서 그 이전의 판본들과는 성격이 판이하게 다른 해석과 의미를 거기에 부여했다는 점이다. 보카치오의 이야기의 맥락은 그 이전의 우화들이 보여준 호교적이고 교화적인 전통과 분명 다르다. 그의 이야기는 아무것도 가르치려 하지 않는다. 다만 재능의 교묘함을 찬미하려 할 뿐이다. 그것은 정확히 주인공의 성격 설정과 관계한다. 보카치오의 이야기에는 이전의 판본들에서 볼 수 없었던 재능에 대한 존경과 종교적 관용이라는 새로운 정신이 복판을 가로지르는 동시에, 주인공들에 대한 성격이 충분히 강조된다. 이에 비해 이전의 판본들에서는 주인공 살라디노와 멜키세덱은 그저 단순한 이름에 지나지 않으며, 중요했던 것은 이야기 자체였다. 어떤 상징성의 면에서는 이들 판본이 보카치오의 이야기와 일치하는 점이 있지만, 보카치오에게서 볼 수 있는 등장인물들의 뚜렷한 개성은 보이지 않고, 결국 종파 수호적인 중세 체제의 잔존물로 남게 된다. 그러나 보카치오의 이야기에서는 기독교의 배타적 성격은 사라지고, 서로를 인정하고 받아들이려는 세속적인 재능의 덕을 부여받은 두 인물, 즉 살라디노와 멜키세덱의 지적 투쟁만 두드러진다.

보카치오 이후 15세기 들어 살로모 아베시 베르가(Salomo Abesi Verga)가 예로부터 전해 내려오는 역사적인 자료들을 모은 책에 "멜키세덱 이야기"와 유사한 이야기가 소개된다. 물론 이야기 자체는 보카치오의 경우처럼 중세의 것이다. 그러나 우리가 주목해야 할 점은, 중세의 이야기임에도 불구하고 그 이야기는 그것이 실린 문헌의 편집 시기인 15세기 속에서 살아 숨을 쉬고 있다는 사실이다. 보카치오 이전에 씌어진 비슷한 내용의 우화들에서 보이는 호교적이고 교화적인 측면보다는, 세속적인 재능과 현명함에 대한 강조가 두드러지기 때문이다. 보카치오의 이야기와 마찬가지로 인문주의 시대의 기운에 고무된 이 이야기 역시 새로운 시대의 정신적 흐름을 재구성함으로써 15세기의 역사적 상황에 참여하고 있다.

"멜키세덱 이야기"는 1779년에 집필된 레싱의 극시(劇詩) 『현자 나탄 *Nathan der Weise*』에서 부활한다. 『현자 나탄』은 세계 3대 종교인 이슬람교와 기독교, 유대교가 동등한 위치에 있음을 상징적으로 표현하고 있다. 레싱의 판본은 18세기의 계몽주의적 종교관으로 눈에 띄게 기울어진다. 레싱은 종교적인 관용과 모든 신앙의 동등함을 주장하기 위한 수단으로서 "멜키세덱 이야기"를 사용한다. 레싱에 의하면, 무릇 인간은 정신적 포용성과 연민과 덕을 가지고 저마다의 종교적·철학적 확신의 우수함을 증명하도록 힘써야 한다. 레싱은 이런저런 종교들이 주장하게 마련인 배타적인 주장보다는, 그들 모두가 인류를 위해 헌신하는 사랑과 포용 그 자체를 진정한 종교로 파악한다. 레싱의 이야기는 각 종교를 대표하는 세 아들이 결국 한 핏줄을 나눈 혈연관계라는 점을 주지시키면서 그들 모두 인류라는 대가족의 구성원임을 강조한다. 이로써 레싱은 독단과 교리를 초월한 보편적인 형제애와 도덕적인 자유 위에서, 인류의 완전성에 대한 믿음을 고수한다. 보카치오의 인문주의적 바탕 위에 이룩한 레싱의 이 상징성 높은 우화는, 인문주의의 이상을 이어받은 18세기 계몽주의의 호흡으로 가득 차 있다.

지금까지 살펴본 것처럼, 같은 내용의 여러 우화들은 보카치오를 기점으로 그 의미를 확연히 달리하고 있다. 그렇다고 보카치오 이후의 시기에 나온 "멜키세덱 이야기"들이 하나같이 동일한 의미를 가진다고 말할 수는 없다. 대신 보카치오가 시대의 새로운 분위기에 정확히 반응하고 또 그 분위기를 선도하고 있듯이, 보카치오 이후의 판본들은 저마다 당대의 세계관을 반영하거나 선도한다. 그 세계관들이 모두 보카치오의 인문주의에서 지대한 영향을 받았다는 것만은 확실하다. 인문주의 사상은 중세에서 절대적 기준이 되었던 기독교만큼이나 보카치오에게는 하나의 종교였다. 이 새로운 종교 아래에서는 어떤 것도 배척되거나 주장되지 않는다. 모든 것은 이 인문주의라는 보편적 개념 아래에서 동등한 가치를 갖는다.

근대성

보카치오가 중세와 르네상스 중 어디에 속하느냐는 미묘한 문제다. 분명한 것은 『데카메론』의 세계가 본격적인 중세는 아니었다는 사실이다. 예를 들어 방금 앞에서 소개한 "멜키세덱 이야기"에서 그려지는 멜키세덱의 재능과 살라디노의 보다 우월한 재능은 보카치오 이후 시대에 가장 중요한 문제로 등장한다. 『롤랑의 노래』(1100년경)에는 기독교가 옳고 이교도는 그르다는 정통 중세적 세계관이 깔려 있지만, "멜키세덱 이야기"는 종교적 차원을 떠난다. 그렇다고 내세를 부정하는 것이 아니라, 적어도 현세의 가치를 함께 추구하는 새로운 시대의 세계관을 예고하는 것이다. 중세에는 성전(聖戰)을 수행하던 기사와 신앙의 길을 이끌던 성직자가 내세의 가치를 대표했다면, 새로운 시대에는 자잘하게 세분화된 사회 계층들, 직업들, 생각들이 그들을 대체했다. 『데카메론』은 이를 반영하거나 혹은 더 나아가 거기에 철학적 정당성을 부여하고 있다.

『데카메론』의 인물들은 다가올 세상을 준비하기보다는 삶의 세계가 제공하는 즐거움을 더 골똘히 생각한다. 이전에는 인간을 영혼과 정신의 측면에 제한하여 파악했다면, 보카치오는 인간을 육체와 삶, 그리고 현실의 관점에서 새롭게 보았다. 이는 분명 르네상스 시대의 새로운 가치관을 예고하는 것이었다. 『데카메론』에 나오는 이상적인 이성(異姓)은 르네상스 회화에서 여성의 경우 풍만한 가슴으로, 남성의 경우에는 건장한 근육질의 육체와 툭툭 불거진 힘줄로 묘사된다. 『데카메론』의 성취는 이런 새로운 시대정신의 쾌활하고 사실적인 묘사에 있다. 그래서 『데카메론』의 살아 있는 정신은 다른 세상의 신비를 급진적으로 거부하는 것에서 나온다. 죄의 의식은 『데카메론』에서 부드럽게 사라진다. 단테의 『신곡』과 대비되는 지점이다. 『데카메론』에 등장하는 거의 모든 인물은 세상을 있는 그대로 받아들인다. 그들은 "그것이 세상이지요."라고 말한다. 그들은 운명 앞에서 자신들이 무력하다는 것을 잘 알고 있다. 그들은 또한 자신의 열정과 욕구에 저항할 수 없는, 아니 양보할 준비가 되어 있는 사람들이다. 그러나 동시에 그들은 운명과 본능이 과도하게 몰아칠 경우 재능을 발휘하여 방어하고 극복하는 면모를 보여준다. 『데카메론』에는 재능의 가치를 높이 사는 장면들이 많이 나온다. 주제가 정해진 8일 중 나흘 이상이 재치와 기지를 주된 메시지로 채택하며, 나머지 날들에도 많이 나타난다. 이에 대립하는 중세의 초월자의 가치는 무의미하고 무기력하며 무관하게 나타날 뿐이다.

『데카메론』의 주제와 형식에서 우리는 단테나 페트라르카 같은 인문주의 작가들에게서조차 뚜렷하지 않았던 철저한 현세적 성격을 발견할 수 있다. 보카치오는 대단히 뛰어난 문학적 장치들(줄거리, 상황, 인물, 문장, 단어, 주제 의식 등)을 사용하여 당대의 현실을 사실적으로 그려내고, 나아가 엄정한 비판적 위치에 선다. 또한 인물 설정의 사실성, 묘사의 적확함과 치밀함, 개인적 가치와 재능의 우월함을 주장하는 주제,

작가적 상상력의 뛰어남, 사회에 대한 비판 의식 등, 결국에는 작가적 문제의식과 기법의 현실성으로 요약되는 보카치오 문학의 특성은 남달리 근대성과 연결되어 있다.

『데카메론』의 근대성은 이처럼 인간에 대한 분석적 성찰과, 외부 세계에 대한 구체적이고 사실적인 파악 및 묘사에서 찾아볼 수 있다. 기독교의 윤리가 지배하던 당대에 은폐되었던 인간의 기본적인 욕망을 솔직하게 들추어내면서 인간에 대한 진지한 성찰을 시도했던 것이다. 이 점은 여성에 대한 보카치오의 관심과 묘사에서 잘 드러난다. 『데카메론』에서 여성은 남성과 마찬가지로 사회의 모든 계층에 걸쳐 나타난다. 여성의 존재가 이렇게 다양하고 묵직하게 재현되는 것은 『데카메론』이 새로운 문화를 몰고 오거나 적어도 새로운 문학적 인식을 성취한다는 명증한 징표들 중 하나다. 『데카메론』이 당대에 새로웠던 이유들 중 하나는 현실에 기초한 합리적 쾌락주의가 그 결을 이루고 있기 때문이다. 현실에 기반을 둔 합리적 쾌락주의란, 육체와 물질, 그리고 정신 등 모든 면에서 쾌락을 추구하는 인생관에 대해 변명하려 하지 않고 현실에 당당하게 대응하면서 나름대로의 정당성을 확보하는 태도와 자세를 가리킨다.

그런 모습은 『데카메론』에서 무엇보다 여성들의 언행을 통해 묘사된다. 과거 중세가 강제한 초월과 금욕에서 벗어나 개인의 욕망의 분출을 자연스러운 것으로 받아들였던 르네상스의 분위기를 보카치오는 『데카메론』의 여성들을 통해 일찌감치 예고하고 있었던 것이다. 그것은 분명 새로운 문화를 몰고 온 것이었지만, 뒤집어보면 전통적 가치와 규범이 와해된 것이기도 했다. 그 어느 쪽이든 중세의 기독교적인 금욕주의와 내세주의에 깊숙이 스며든 추상과 관념, 보편적 성격의 도덕 원리와 종교 규범에서 벗어나, 각각의 사물과 사람 그리고 사건들이 저마다의 기준을 지닌다는 생각은 분명 새로운 것이었다.

여기서 떠오른 개인주의와 상대주의의 기반 위에서 보카치오의 개인들은 스스로의 시선으로 현실을 바라보고 개인의 세계를 구축할 수 있었다. 그것은 이전의 폐쇄적인 중세 공동체가 지닐 수밖에 없었던 수동적인 세계 인식에서, 능동적이고 진취적인 인식과 실천으로 나아가는 계기가 되었다. 그리하여 『데카메론』은 이전의 문학 경험에 비추어 당연히 이러저러하리라고 기대했던 틀을 과감히 부수면서 당대의 독자들을 좌절하게 만들고 혼란스럽게 했을 것이다. 그것은 폐쇄적 공동체 내에 개인의 의식을 묻으며 안온을 추구하는 가운데, 결국에는 스스로를 잊고 소외시켰던 과거의 삶의 방식에 혁명과 같은 변화를 일으킨 것이었다. 그것을 우리는 보카치오의 '고귀한 열정' 이라고 부를 수 있으리라.

홍미롭게도 『데카메론』에는 단테의 흔적이 여기저기 나타난다. 『신곡』이 그러했듯이 3, 7, 10, 100이라는 숫자들이 중요하게 제시된다. 그러나 이 숫자들이 중요하고 의미가 있다면 그저 형식적 차원에서일 뿐이며, 작품의 본질에 영향을 주는 것은 아니다. 『데카메론』은 확실히 『신곡』과 다르다. 『데카메론』에서는 하느님에게 인도하는 은총의 빛이 보이지 않는다. 첫 번째 날 첫 번째 이야기(2부 리라이팅 참조)에서 차펠레토는 악마가 아닌 재능의 화신으로 우리 앞에 나타난다. 죽음을 앞에 두고 감행하는 거짓 고백만큼 신자에게 더 큰 죄악은 없다. 당연히 구원은 사라지고 지옥만이 그를 기다리게 된다. 차펠레토는 영원한 구원 앞에서 자기 영혼을 짓밟았지만, 이 세상에서 계속 살아갈 그의 동업자의 명예를 구해주었다. 그는 자기 영혼을 구하지는 않았지만 분명 체면은 지켰다. 여기서 나타나는 현실 중심주의는 뒤를 잇는 아흔아홉 개 이야기들의 표본이다.

열흘 동안의 이야기들에 등장하는 대부분의 인물들은 특별히 성스럽지 않다. 그들은 평범한 일상의 협협하고 버젓한 개인들이다. 몇몇은 당대에 이름을 떨치던 인물들도 있지만, 그들은 평범한 인간과 닮지 않으려 하는 강박적 자기중심주의의 희생자들이다. 분명 100편의 이야기에 등장하는 대부분의 인물들은 이 세상에 살며 만족한다. 때로 행운이 비껴가도

거의 삶을 포기하는 일은 없다. 의심스러운 내세에 희망을 두고 현세를 체념하기보다는 여전히 현세에 무게를 두고 끈질기게 성취하며 살아간다.

이런 모든 것을 담아낸 『데카메론』에서 냉소적인 분위기를 느끼는 사람들도 있을 것이다. 사랑이 그러하다. 보카치오의 문학은 사랑을 절대적인 것이 아니라, 운명과 재능에 연결되어 얼마든지 행복해질 수도, 불행해질 수도 있는 것으로 파악한다. 『데카메론』이 보여주는 보카치오의 여성들의 수많은 예에서 우리는 근대의 '문제적 개인'을 발견할 수 있고, 개인이 스스로의 운명을 시험해나가는 근대소설의 심리 세계를 어느 정도 구현하는 모습을 엿볼 수 있다.

이와 같이 『데카메론』을 근대적 세계관과 근대적 개인이 등장하는 '소설'로 보는 것은, 이미 『데카메론』을 그 이전의 중세적 신화와 전설, 민담 등과 차별되는 서구의 근대를 출발시키는 지점으로 삼는다는 것을 의미한다. 『데카메론』을 근대의 산물로 보는 것은 여러 면에서 가능하다. 결국 『데카메론』의 세계는 개인과 현실의 발견이란 면에서 르네상스 인문주의의 준비였다. 그러나 다른 한편으로 『데카메론』에서 추구된 가치가 꼭 근대라고 할 수 있는지의 반문도 가능하다. 예를 들어 개인의 재능은 중세에도 있었고, 돈에 대한 욕구 또한 그러했다. 재능과 자본의 추구는 사적 영역의 확보와 운영을 가능하게 했다. 거기에 자리 잡은 세계관은 근대라고 불리는 것이지만, 실제로는 중세에도 이미 비슷하게 있었다. 『데카메론』을 중세와 근대의 어디에 위치시키느냐의 문제는 중요하지만, 우선 중세가 근대의 신화에 가려진, 새롭게 탐사해야 할 시대라는 새로운 인식과 그 이전에 중세와 근대의 구분이 무슨 의미를 갖는지에 대한 물음을 문제로 삼아야 할 것이다. 무엇보다 『데카메론』의 배경을 이루는 사회와 인물은 당대의 현실에 놓여 있었으며, 보카치오는 이들을 어떠한 기존 이념과 믿음 및 제도에 가려지지 않는, 있는 그대로의 모습으로 재현하고자 했다. 그것은 특히 여성의 재현에서 두드러지게 나타나며, 나아가 시대를 초월한 보카치오의 위대한 리얼리스트로서의 면모를 가능하게 만드는 것이었다. 이 점을 여성성과 이중성을 통해 살펴보고자 한다.

여성성

『데카메론』의 세계는 넓고도 변화무쌍하다. 지리적으로 주된 무대는 이탈리아, 그중에서도 피렌체이지만, 아르메니아에서 스페인까지, 잉글랜드에서 이집트까지 걸쳐 있다. 사회적으로는 더욱 다양하다. 등장인물들을 보면 알 수 있다. 윌킨스(Ernest Hatch Wilkins)가 나열한 『데카메론』의 등장인물의 목록은 상당히 인상적이다.[10] 왕, 왕자, 공주, 장관, 기사, 지주, 수도원장, 수녀원장, 수녀, 수도사, 성직자, 군인, 의사, 법관, 철학자, 교사, 학생, 화가, 은행가, 포도주 상인, 여관 주인, 심부름꾼, 방앗간 주인, 빵가게 주인, 술장수, 고리대금업자, 음유시인, 떠돌이 음악사, 농부, 노예, 하인, 바보, 순례자, 구두쇠, 낭비가, 사기꾼, 도박꾼, 불한당, 도둑, 해적, 아첨꾼, 식객, 대식가, 주정꾼, 노름꾼, 경찰, 그리고 모든 종류의 연인들. 아마도 더 세분화할 수도 있을 것이다.

윌킨스의 조사에 따르면, 『데카메론』에 338명의 인물이 나오는데 그중 남자가 255명, 여자가 83명이다. 구분이 명확하지는 않지만, 대체로 귀족으로 분류되는 사람이 102명, 상인과 상인의 부인이 23명, 농민과 수공업자와 장인들을 포괄하는 하층계급이 68명, 나머지는 딱히 뚜렷하게 구분할 수 없는 사람들이다. 『신곡』의 인물 구성에 비해 피지배계급의 구성이 훨씬 더 많다. 『신곡』에서는 도둑과 강도들마저도 유명한 가문 출신이다. 보카치오 역시 자기 작품의 권위와 진실성을 높이기 위해 '유명한 사람들'을 등장시키지만, 전반적인 색채는 일반 대중으로 이루어진다. 성직자와 교회는 비판의 대상으로서 강한 인상을 남길 뿐 사실상 출현 빈도는 생각보다 낮다.

『데카메론』의 세계에서 피지배계급의 부각보다 더 중요한 것은 여자들 혹은 여성성의 성격이 강하게 나타난다는 점이다. 보카치오 스스로 첫 번째 날 프롤로그(2부 리라이팅 참조)에서 특히 사랑 때문에 고통 받는 여성을 위안하는 데 초점을 두며 책을 썼다고 말한다. 이것은 사실이며 그대로 책에 적용된 것으로 보인다. 예컨대 보카치오는 네 번째 날 도입부에 끼어들어 서술의 연속적 흐름을 깨면서 직접 발언하는 가운데 여성에 대한 그 자신의 헌신을 분명하게 공언하고, 여성을 기쁘게 하기 위해 그가 할 수 있는 모든 것을 하겠다는 의도를 밝힌다. 결국 보카치오는, 창작의 신은 여성이라고 말한다. 또한 모든 여성이 창작의 신이라고 인정하지 않는다 해도, 분명 여성은 뮤즈를 닮았다고 말한다. 그러나 여성이 보카치오에게 수천 편의 시를 쓰는 영감을 준 반면에 창작의 신은 그렇게 하지 못했다는 것을 생각하면, 보카치오에게 여성의 위치는 창작의 신 이상이었다고 할 수 있다.

이는 『데카메론』뿐만 아니라 이전의 작품들에도 해당되는 진지한 선언이다. 이를 뒷받침하기 위해 윌킨스의 통계학을 다시 동원해보자. 앞에서 『데카메론』에는 83명의 여자들이 등장했다고 말한 바 있다. 이들은 여성의 이름으로 언급되었거나 내용상 분명히 여성으로 확인되었다. 남자가 255명인 것에 비하면 많지는 않다. 『신곡』은 이보다 30년쯤 전에 나왔지만 등장하는 여자의 수는 더 많다. 그러나 『신곡』에 등장하는 여자들은 주로 고전에 나오는 인물이고 당대의 실존

인물은 다섯 명에 불과하다. 더욱이 『데카메론』에서 여성은 수적인 열세를 만회하기에 충분할 정도의 강한 인상을 자아낸다. 『데카메론』의 100편 중 32편에서 여성은 중심 역할을 하고, 42편에서는 여성이 빠지면 이야기가 진행되지 않을 정도다. 나머지 26편 중 반 이상은 이야기라기보다는 단순한 일화나 재치의 소개 정도다. 따라서 약 85편의 이야기다운 이야기 중 79편에서 여성은 지배적이거나 필수적인 요소로 등장한다.

특이하게 『데카메론』에서 남자가 성적 욕망에 연루되지 않은 목적을 추구하는 이야기는 그래도 몇 편 있는 데 반해, 남자와 관계하지 않는 여자가 나오는 이야기는 100편 중 하나도 없다. 모든 여자가 비슷하다는 것은 아니지만, 『데카메론』에 등장하는 여자들을 대체로 두 가지 범주로 나누는 기발한 생각도 가능할 것이다.

그 하나는, 경험이 없지만 성적 욕망으로 가득한 유형이다. 오랫동안 『데카메론』에서 가장 음탕한 이야기로 정평이 난 것들에 나타나는 유형이다. 가장 적절한 예는 세 번째 날 첫 번째 이야기(2부 리라이팅 참조)에 등장하는 무명의 어린 수녀와 세 번째 날 열 번째 이야기에 등장하는 알리베크, 그리고 로마냐의 카타리느를 들 수 있다. 그중에 첫 번째 경우를 보면, 이 뻔뻔스러운 어린 수녀에게는 순결의 서약도 임신이라는 더 실제적인 모험도 성적 욕망을 채우려는 소기의 목적을 바꾸게 하지 못한다. 그녀는 여자에게 최고의 즐거움을 가져다주는 것에 대해 들은 바 있고, 그것을 경험해보리라 결심한다. 그녀의 믿음은 모든 반대를 잠재운다. 자기 길을 갈 뿐만 아니라 동료들에게도 전염시킨다. 수녀들의 욕망을 만족시키는 임무를 훌륭하게 완수한 정원사 마제토는 홀연히 수녀원을 떠난다. 그동안 임신과 출산이 거듭되었어도 수녀들이 그로 인해 곤란을 겪었다는 말은 눈을 씻고 봐도 없다. 이 쾌활한 어린 수녀는 '데카메론적인 공동체'가 지닌 낙관론적 특성을 전형적으로 드러낸다. 즉, 운명이 그녀의 경험을 풍요롭게 할 기회를 제공할 때, 그녀는 그 기회를 즉각 낚아채는 것이다. 그녀의 실질적이고 현세적인 도덕관념과 자세, 그리고 편의에 따라 행동하는 낙관론적 창의성은 첫 번째 날 첫 번째 이야기의 차펠레토와 비슷하다.

다른 하나는, 경험이 많고 공격적인 유형이다. 이런 유형의 여자들은 세 번째 날 세 번째 이야기와 아홉 번째 이야기, 그리고 일곱 번째 날 아홉 번째 이야기 등에서 발견된다. 이들은 목적 지향적이고 실제적인 성향을 지닌 여자들로서, 『데카메론』에서 가장 솔직하고 거리낌 없는 여성들이다. 이들은 남자들처럼 스스로 원하는 바를 알고 자신들의 욕망을 채우기 위해 노력하며, 듣기 좋은 수사를 동원하여 옹호한다.

두 번째 날 열 번째 이야기(2부 리라이팅 참조)에서 재판관 리차르도 다 킨치카의 아내는 여자가 배우자에게 바라는 것을 지나칠 정도로 거리낌 없이 묘사한다. 그녀는 자신의 욕망을 채워주지 못하는 남편을 버리고 비록 해적의 신분이지만 자신의 욕망을 훌륭하게 채워주는 남자를 선택한다. 간신히 자기를 찾아와 다시 돌아올 것을 간절하게 호소하는 남편의 면전에 늘어놓는 그녀의 언어는 발랄하고 펄떡거려 음탕하게 들리기도 하지만, 그 안에 담긴 그녀 자신을 위한 옹호와 요구 사항은 네 번째 날 첫 번째 이야기에 등장하는, 세련되고 고상한 언어를 구사하는 기스문다와 다르지 않다. 이야기 전체의 4분의 1에 해당하는, 기스문다가 아버지에게 늘어놓는 긴 답변은 극히 논리 정연하고 호소력과 설득력을 갖추었으며, 자신의 운명을 스스로 결정하는 당찬 모습을 보여준다.

> 아버지는 제가 신분이 낮은 자와 사랑을 나누는 잘못을 저질렀다고 나무라시는 것 같아요. 상대가 귀족이었다면 이렇게까지 화를 내지는 않으셨을 거예요. 그러나 아버지가 나무라시는 것이 저의 잘못이 아니라 운명이라는 것을 아버지는 모르시는 것 같아요. ……사물의 이치를 깊이 생각해보시면 우리 인간은 모두 똑같은 육체를 지니고 똑같은 힘과 재주와 덕을 하느님에게서 받았다는 것을 아실 거예요. ……아버지는 망설이시는군요.

저를 어떻게 하면 좋을지 모르시는 거예요. 그런 망설임은 버려주세요. 제발 가혹한 벌을 내려주세요. 저는 어떠한 애원도 하지 않겠어요.

이런 당찬 여성의 모습은 여섯 번째 날 일곱 번째 이야기(2부 리라이팅 참조)에서도 잘 드러난다. 정부와 놀아나던 필립파는 남편에게 들켜 재판을 받게 되자 법을 정면으로 공격한다. 법은 만인에게 평등해야 하고 모든 사람의 동의 아래 만들어져야 하는데, 여성을 고려하지도, 여성의 동의를 구하지도 않았다고 주장한다. 필립파의 주장은 통렬하고 거부할 수 없을 정도로 논리적이다. 여성이 남성보다 사실상 욕정이 강하며, 자신의 경우에도 남편이 요구할 때마다 늘 육체적 쾌락을 만족시켜주었다고 강변하며, 필립파는 재판관을 향해 이렇게 말한다.

그래도 솟구치는 걸 어쩌라는 겁니까? 개한테나 던져줄까요? 자기 목숨보다 더 나를 사랑하는 신사에게 주는 것이 썩히거나 허비하는 것보다 낫지 않은가요?

자연스럽게 일어나는 욕망을 충족시킬 권리는 모든 사람이 동등하게 갖고 있다는 이 주장은 자연스럽고 당연한 듯 보이지만, 사실은 사회의 관습적인 기본 구조를 뒤흔드는 것이다. 그렇다면 자연스러운 주장이 옳은 것인가, 아니면 뒤흔들린 사회구조가 옳은 것인가? 아마 『데카메론』의 100편 중 가장 체제 전복적인 내용으로 생각된다.

『데카메론』에서 여성이 포악한 연인의 희생자인 경우는 없다. 다만 환경과 운명의 희생자다. 네 번째 날 다섯 번째 이야기에서 리사베타는 사랑하던 로렌초를 오빠들이 죽여 묻어버리자(그 이유는 명확히 제시되지 않는다.) 로렌초의 두개골만 잘라 옮겨와 크고 우아한 화분에 넣고 그 위에 아로마 향을 내는 나무[11]를 심는다. 그러고는 로렌초를 먹고 잘 자라 향기를 풍기는 나무에 대고 하염없이 울다가 죽고 만다. 세 오빠의 행동에는 동생 리사베타를 해치려는 마음은 조금도 없었고 오히려 잘되길 바라는 마음뿐이었는데, 아마도 운명이 그들을 그렇게 이끈 듯하다. 맨 마지막 이야기의 그리셀다도 그러하다. 세계의 문학들에서 그렇게 자주 나오는 내용, 즉 남자의 욕망에 속고 버림받는 희생자로서의 여성은 『데카메론』에서 도무지 발견할 수 없다.

더 두드러진 현상은 단테나 당시의 음유시인 또는 청신체파의 영감의 원천이었던 여자, 감히 범접할 수 없는 천사로서의 여자는 『데카메론』에 전혀 등장하지 않는다는 점이다. 새로운 세계의 징표다. 중세의 정신은 여성에게 해당하지 않는다. 『데카메론』에 등장하는 기사도 정신은 여자들의 이상적·신비적 베일을 더 이상 놔두지 않고 과감하게 벗겨 던져 버린다. 마찬가지로 『데카메론』의 세계에서 중세의 수도사는 여성에게서 유혹만을 느낄 뿐이다. 더 이상 신비하지 않은, 발랄한 유혹의 기운을 뻗치는 살아 있는 여자는 살아 있는 현실 세계를 음미하고 즐기는 사회에서만 그렇게 관찰되고 재현될 수 있는 것이다. 보카치오의 여자들이 '평범'하지는 않지만, 그들이 바라보고 느끼고 생각하고 판단하고 행한 것들은 바로 당대의 사건이자 현실이었다. 중세의 거대한 그림자가 그 현실을 감추어두었을 뿐이다. 보카치오는 선구자였다. 지금에 와서야 우리가 그 존재를 느끼고 더듬어 드러내려 하는 욕망의 세계를, 보카치오는 당대에 이미 꿰뚫어보고 있었다. 그래서 우리는 우리의 문학과 삶에서 보카치오를 친근하게 만나는 것이다.

이중성

『데카메론』은 보카치오가 남긴 또 다른 흥미로운 저작 『유명한 여자들』과 함께 페미니즘의 고전으로 읽혀도 무방하다. 주제와 내용에서도 대부분 여성이 주인공으로 등장하거나 이야기 전개에 어떤 식으로든 개입하고 있다. 더 중요한 것은 여성이 시련과 고통을 극복하고, 희망을 버리지 않으며,

결국에는 바라던 것을 성취하고야 만다는 점이다. 그러나 여성에 대한 보카치오의 입장 자체는 겉[illegible]는 페미니즘적이지만 결국에는 교훈적[illegible]의로 귀결한다는 비판도 가능하다. 첫 번[illegible]프롤로그(2부 리라이팅 참조)에서 보카치오는 [illegible]이 돌던 당대의 시대 배경에서 여성과 관련된 "본 적도 들은 적도 없는 요상한 풍습이 생겼다."고 말한다.

> 아무리 우아하고 아름답고 예의 바른 부인이라도 일단 병에 걸리면 젊었거나 늙었거나 남자 하인을 부리기 시작하는 겁니다. 그저 병에 걸렸으니 어쩔 수 없다는 이유로, 여자 앞이라면 또 모를까 남자 하인 앞에서 서슴없이 발가벗고 모든 부분을 드러내 보이는 거예요. 나중에 병이 나은 다음에 부인들이 정절에 무디어지는 원인이 되기도 했지요.

또 한편으로, 필로메나의 입을 빌려 이렇게 말한다.

> 여자들만 모여 봤자 남자들의 지도 없이는 통제가 되지 않아요. 여자란 변덕이 심하고 다투기 좋아하며 의심과 겁이 많고 무서움도 잘 탈뿐만 아니라, 이끌어줄 남자가 없으면 모임도 유지하지 못하죠.

그런가 하면 엘리사의 입을 빌려 "남자는 여자의 두뇌이고, 훌륭해요. 남자 도움이 없으면 여자가 무슨 성과를 거둘 수 있겠어요!"라고 말한다. 보카치오는 또한 여성의 아름다움을 외모로만 측정하는 경향이 있고, 욕정에 싸여 여색을 즐기는 남자보다 그렇게 만드는 여자를 죄의 근원으로 생각하기도 한다.

이런 예들은 분명 여성을 비하하는 보카치오의 의도를 드러낸다. 그러나 다른 한 편, 일곱 명의 부인들이 세 명의 청년들과 함께 하루씩 왕의 자리에 서서 이야기를 주재한다는 설정, 여러 이야기에서 재능과 용기와 덕을 겸비한 여성들의 등장, 심지어 여성들이 왕이나 성직자와 같은 당시 사회를 지배하던 남자들 혹은 아버지와 같은 절대자의 상징을 훈계하는 내용들을 볼 때, 여성에 대한 보카치오의 입장은 여성의 비하나 옹호 어느 한쪽으로 치우쳐 있지는 않다. 그것을 가지고 보카치오가 이중적인 모호성을 지녔다고 말한다면, 그것은 비난보다는 현실에 접근하고 현실을 재현하려는 진정한 리얼리스트로서의 면모로 치켜세워야 할 것이다. 적어도 보카치오가 본 현실은 이중적일뿐더러 기존의 교리나 체계로는 규정지을 수 없는 모호한 것이었다. 그렇다면 보카치오가 할 수 있었던 일은 현실을 틀에 가두어 포장하여 내놓는 것보다는, 어떻게든 있는 그대로 드러내 보여주는 것이었을 것이다.

이렇게 보카치오를 옹호해도 문제는 남는다. 앞서 소개한 두 번째 날 열 번째 이야기에서 재판관의 아내가 개인의 능력을 발휘하여 성적 해방을 추구하고 성적 정체성을 수립한 것은 틀림없지만, 결국 그것은 남성인 해적에게 몸을 의탁함으로써 이루어진다. 여기서 우리는 사회적 억압 체계에서 쉽게 자유로워지지 못하는, 여성 스스로 저지른 어떤 한계를 목격하게 된다. 또 두 번째 날 일곱 번째 이야기에서는 아홉 남자를 거치면서 온갖 향락에 몸을 적신 여자가, 숫처녀 행세를 하며 결혼에 성공하여 행복한 삶을 이어가는 내용이 나온다. 그녀의 성적 정체성과 자유는 일탈에 지나지 않았고, 결국 결혼이라는 가부장제에 안착하면서 길게 이어지는 안정된 행복을 얻는 것이 궁극의 목표였다. 마찬가지로 첫 번째 날 프롤로그에서 묘사된 필로메나와 엘리사의 말에서 우리는 사실상 남성 우월주의에 길들여진 여성의 모습을 목격한다.

결국 『데카메론』에서 묘사되는 '해방된' 여성의 자기주장은 주로 성적 욕망의 충족에서 발단하고 거기로 귀결될 뿐, 남성의 헤게모니에 사회적·역사적 존재로서 도전하는 모습은 쉽게 발견할 수 없다(위에서 소개한 이야기들 외에 두 번째 날 두 번째 이야기와 세 번째 날 세 번째 이야기도 해당된다.). 예외도 있다. 아홉 번째 날 두 번째 이야기(2부 리라이팅 참조)에서 이자베타 수녀는 소위 저항적 주체성의 예가 될 법도 하다. 그녀는 한 청년을 수녀원에 끌어들여 사랑을 나누다가 수녀원장의 감시 끝에 적발된다. 그런데 수녀원장 역시 사제와 놀아나다가 엉겁결에 두건을 쓴다는 것이 사제의 속곳을 머리에 쓰고 나타난다. 다른 수녀들은 죄를 범한 이자베타만 바라보느라 알아채지 못한다. 수녀원장의 비난과 꾸지람이 지나치게 길어지자, "참다못한 이자베타가 용기를 내어 얼굴을 들어 보니 원장의 머리에 끈을 대롱대롱 매단 속곳이 눈에 들어왔다." 그래서 이자베타는 "계속 꾸짖으시려면 두건 끈이나 매시지요."라고 말한다. 자기 잘못이 드러났음을 알게 된 수녀원장. 이제 그녀와 이자베타가 해왔던 일은 수녀원의 공식적인 것으로 변한다. 얼굴을 들면서 이자베타의 눈에는 지배 질서의 적나라한 모습이 들어온 것이다. 꾸지람을 듣는 자세에서 항변하는 자세로 전환함으로써 이자베타는 지배 질서와 동등해지고, 입을 열어 말을 함으로써 체제의 변혁을 일으키게 된다. 계속 머리를 수그렸다거나 그로 인해 다른 수녀들이 이자베타만 바라보았다면, 지배 질서는 변함없이 유지되었을 것이다.

위와 같이 예외도 있지만, 『데카메론』에 묘사되는 여성의 해방은 대부분 성적 욕망의 해방에 그치고 있다. 여섯 번째 날 일곱 번째 이야기(2부 리라이팅 참조)에 등장하는 필립파의 경우, 남성 중심 사회의 기본 기제인 간통죄를 어긴 자신을 훌륭하게 방어하고 정당화한다. 그녀가 수많은 군중 앞에서 행한 장문의 연설은, 전혀 지루함을 느끼지 못할 정도로 힘차고 확신에 차 있으며 사람들을 사로잡는 설득력을 지니고 있다. 그러나 그녀의 기반은 자신의 욕망뿐이었다. 남편과 아이들, 각자의 가족, 이웃 등 소위 타자(他者)들은 거의 배려되지 않는다. 남편과 가족이 여성에게 늘 억압 기제인 것은 아니다. 여성과 남성이 서로 가치를 인정하고 배려하는 건전한 공동체를 일구는 목표를 지니는 것이 진정한 페미니즘이라면, 남편은 공동체의 일원이고 가족은 공동체의 한 형태일 수 있는 것이다. 마찬가지로 『데카메론』에는 결혼 제도에 대해 거의 전적으로 부정적인 태도를 보이고 있고 일탈과 저항의 대상으로만 여기고 있지만, 또한 결혼이 반드시 부정적인 것이고 반드시 굴레인 것은 아니다.

심지어 『데카메론』에서 여성이 비하되고 억압되는 경우도 여럿 발견된다. 여덟 번째 날 세 번째 이야기에서 골탕을 먹은 칼란드리노는 "상당한 미인이며 머리도 좋은" 아내를 분풀이 삼아 구타하지만, 아내는 전혀 반항할 줄 모른다. 칼란드리노의 입에서는 "여자란 요물"이라는 험한 말이 튀어나온다. 칼란드리노를 골탕 먹인 자들이 그를 위로하고 아내와 화해시키고 돌아가지만, 칼란드리노는 "벌레를 깨문 듯한 얼굴"이다. 아마 그는 아내를 때린 일을 후회하는 것일까? 그렇다고 해도 구타당한 아내의 현실은 사라지지 않는다.

한편 열 번째 날 열 번째 이야기(2부 리라이팅 참조)에 등장하는 그리셀다를 지극히 선량하고 헌신적인 여자로 앞서 소개한 바 있지만, 다른 해석도 가능하다. 그리셀다는 남편의 간교한 시험과 상상을 초월하는 학대를 묵묵히 견디어낸다. 남편의 언행이 "비수가 되어 가슴을 찔러도" 그리셀다는 그 모든 시련을 완벽하게 이겨나간다. 이런 구도는 그리셀다가 남편을 능가하는 최고의 사랑의 가치를 구현했다는 해석을 가능하게 한다. 그러나 달리 보면, 그런 모든 시련의 뒤에는 "참된 아내의 길을 가르쳐주고 부부로서 평화를 오래 누리려는" 남편의 고매한 의도가 자리하고 있다. 몸을 팔고 남편을 경멸할 정당성을 충분히 가졌음에도 불구하고, 끝까지 정절을 지키고 남편을 존중하며 마침내 가족의 행복을 지키는 그리셀다의 눈물겨운 생애를 어떻게 보아야 할까?

두 번째 날 아홉 번째 이야기에서는 자신의 삶에 적극적이고 당당하며 자신을 불신한 남편을 용서하는 아량을 지닌 여자를 그린다. 남편은 아내를 완벽한 여자로 생각하고 주위에 자랑을 늘어놓지만 주위에서 부추기는 바람에 아내를 시험해본다. 남편이 생각하는 아내의 모습은 "싱싱하고 잘빠진 몸매에 성격도 나긋나긋하고 부드러우며, 비단 손질이라든가 뭐 그런 여자들 하는 일에서는 따라갈 여자가 없다."는 식으로 표현된다. 게다가 남편 식사 시중도 잘 들고 말도 잘 타며 배도 부릴 줄 알고 읽고 쓰는 일은 물론 돈 계산도 능숙하며, 끝으로 성실하고 정숙하기로는 세상에서 제일가는 여자로 묘사된다. 아내는 모든 시험을 다 이겨내고 남편이 생각하는 완벽한 아내의 모습을 유감없이 보여주지만, 결국 앞서 묘사된 지극히 남성 중심적인 범주에 충실하게 따를 뿐이다.

분명 『데카메론』의 여성들은 성적 욕망을 발산하는 가운데 자기 정체성을 추구하거나, 아니면 남성 중심적인 사회 체제를 견디어내는 강력한 인내심의 소유자일 뿐, 사회역사적 주체로 거듭나는 모습을 보여주지는 못한다. 욕망의 추구는 도덕적 정당성을 앞세우고 체제 전복을 꾀하여 헤게모니의 장악까지 이를 수도 있다. 실제로 『데카메론』의 여자들은 끊임없이 사랑을 통해 사회에서 주체적 위치로 도약하고자 한다. 그러나 그러한 시도는 언제나 남성에게 인정받는 선에서 끝을 맺는 경우가 대부분이다. 그런 구도에서 설령 그들이 사회역사적·이성적 존재로 변모하려는 의지를 가진다 해도 결국에는 남성 따라잡기의 테두리에서 벗어날 수 없는, 남성 중심 사회의 한쪽에서 일어나는 일에 불과한 것이다.

그런데 혹시 여성이 사회적·이성적 존재로 변모하지 못하는 현실을 드러내는 것 자체가 보카치오의 의도가 아니었을까? 그런 가운데 여성의 문제와 현실을 부각시키는 것, 혹은 성적 욕망의 주체로서 여성의 모습을 현실적으로 묘사할 뿐 도덕적 개입이나 판단을 유보하는 것, 또는 비하되고 억압되는 여성과 진정한 해방에 이른 여성을 함께 소개하고 묘사하는 것, 이러한 이중 삼중의 모호한 태도는 보카치오가 『데카메론』에서 어떠한 이상과 이념에 얽매이지 않았다는 것을 말해준다. 그 모호성은 선명한 도덕과 규범 위에 서게 마련인 모든 종류의 권력을 무시하고 거부한다. 보카치오 스스로 현실이란 깨끗하게 정리되지 않는다는 느낌을 가졌을지도 모른다. 그러나 어쨌든 보카치오는 거짓말을 하지 않았다. 그는 모호한 현실을 모호한 방식으로 재현하려 했다. 바로 여기서 우리는 『데카메론』의 진정한 힘을 발견한다. 어떠한 이상과 전범에 의해서 가려지지 않는 현실의 진정한 모습을 재현하고 있는 『데카메론』에서, 우리는 자유로운 관점을 지니고 자유로운 사고를 통해 세상을 만나는 보카치오의 세계를 만나는 것이다.

『데카메론』의 얼굴

『데카메론』은 서양 문학의 뿌리를 이룬다. 초서 이래 서양의 수많은 작가가 『데카메론』의 형식과 내용을 빌려다 썼다. 연작의 독특한 형식과 쉽고 유연한 산문으로 보카치오는 누구나 쉽게 다가갈 수 있는 문학의 전형을 창조했다. 그의 산문 정신과 형식은 마키아벨리에 이르러 정치와 같은 실제 현실을 분석하고 묘사하는 날카로운 연장으로 언어를 벼리는 데 큰 영향을 주었다. 『데카메론』은 14세기 이탈리아의 미시적 그림과 삶의 편린들을 잘 그려내 보여주었다.

『신곡』이 100편의 장으로 짜인 것처럼 『데카메론』이 100편의 이야기로 구성된 것은 우연이 아닐 것이다. 아마 숭배하던 단테의 모범을 따랐을 것이다. 형식을 따랐을 뿐만 아니라 내용에서도 보카치오는 단테처럼 냉엄한 현실을 문학적 상상으로 위안한다. 『신곡』의 등장인물들이 그러하듯, 『데카메론』에 등장하는 열 명의 남녀는 경험 세계의 추하고 가혹한 조건을 피하여 그들만의 세계를 만든다. 그러나 『데카메론』이 『신곡』과 다른 점은, 그것이 터를 두는 세계가 유토피아가 아니라 순전히 자연주의적 관점에서 파악되는 우주라는 점이다. 보카치오의 문학은 기존의 삶에서 탈주하지만, 그것은 오로지 삶으로 돌아가기 위해 그러할 뿐이다. 돌아간 삶은 새롭게 발견되고 새롭게 구성해나갈 무엇이 된다.

내레이터가 전체와 세부적인 틀을 구성하고 이끌어나가는 구조는 당시에 새로운 것은 아니었다. 보카치오 이전에도 오랫동안 중세 문학에서 순환되던 것이었다. 이야기들 또한 모두 독창적인 것은 아니었다. 그러나 보카치오가 『데카메론』에 새로운 생명과 힘을 부여할 수 있었던 것은 그러한 구조와 이야기들, 인물, 플롯, 문체 등을 당대의 맥락에서 녹여 냈다는 것에 있다. 즉, 어디서 나왔든지 간에 보카치오는 그들을 보카치오 자신의 것으로 만들었다. 보카치오는 당대의 맥락 한가운데 사는 자신의 상황성을 잘 알고 있었던 것이다.

『데카메론』에 나타난 '현실'은 한편으로는 어떤 이상도 현실을 넘어설 수 없다는 무이상(無理想)을 대변한다. 이는 당대의 부르주아 계층의 이데올로기였으며, 구체적으로 이윤을 추구하고 잉여 자본을 축적하며 자본주의를 구축하는 가운데 반복적으로 세련되어가던 세계관이었다. 이러한 『데카메론』의 세계관은 근대의 신화를 표출한 것일 수도 있다. 열 명의 젊은 남녀, 그리고 그들의 화신임이 분명한, 그들의 이야기에 등장하는 인물들의 세계관과 삶의 방식은 근대 부르주아의 성향을 초기에 대변하는 것이었다.

다른 한편으로 『데카메론』은 있는 그대로의 현실을 파악하고 재현한다. 봉건 체제의 동요기에서 자본주의 완성기로 이행하는 과정에서, 부의 이동이 활발해지고 사회 혼란이 가중되면서 개인의 성취 기회도 많아졌다. 이것이 현실의 측면에서 본 르네상스의 모습이었다. 우리가 흔히 알고 있는 르네상스의 정신과 문학, 예술, 종교의 고매한 측면과는 다른 모습이지만, 오히려 그런 고매하게 보이는 측면들을 가혹한 현실에 비추어 비판하거나 부차적으로 여긴 것이 당대의 현실

세계였다. 그러한 당대를 재현한 것이 바로 『데카메론』의 현실이었다.

『데카메론』은 하나의 문예 사조로서의 사실주의보다는 보편적 문학 정신으로서의 리얼리즘으로 평가되는 것이 적절하다. 『데카메론』은 현실을 있는 그대로 재현했으며, 더 나아가 어떤 진리를 재현했기 때문이다. 그 진리가 무엇인지 알아보는 일은 오랫동안 『데카메론』을 읽어온 방식에서 벗어나, 개성적인 시각으로 『데카메론』을 읽으면서 비로소 가능해진다. 보카치오뿐만 아니라 단테와 페트라르카에게 '당대'는 중세였다. 그런 면에서 중세를 종합적으로 정리한 단테가 더 '현실적'일 수도 있다. 그에 비해 보카치오는 '미래의 현실'을 제시하면서 '당대(중세)의 이상'을 무력화시켰다. 말하자면 보카치오는 중세의 이상에 가려 보이지 않는 현실을 들춰내면서, 미래에 인정되고 인식될 새로운 현실을 미리 제시한 것이다. 보카치오는 '당대의 현실'을 재현했지만, 그것은 당대의 지배적 세계관에 비친 현실의 그림자가 아니라 새롭게 등장하는 '미래의 현실'이었다.

여기서 '미래의 현실'은 구체적으로 말해 르네상스와 함께 기지개를 펴던 근대의 현실을 가리킨다. 중세의 내세적 세계가 현실에 대해 수동적으로 대처했던 것은 사실이다. 그 자체로 부정적인 것은 아닐 테지만, 현실에 체념하고 수동적으로 대처하는 중세인의 모습은 적어도 근대인의 새로운 눈에 잘못된 것으로 비쳐졌다. 물론 근대의 척도라는 선입견 혹은 새로운 가치관에서는 잘 파악될 수 없는 중세적 가치가 분명히 있다. 중세에서는 신이라는 존재가 굳건하게 중심을 잡고 있었다. 그러나 그 중심은 적어도 보카치오의 『데카메론』에서 풍자와 조롱의 대상, 전복될 운명에 처하게 된다. 『데카메론』은 중세의 한가운데서 출발하고 성장했으며 또한 중세의 현실을 다루고 있지만, 결국에는 중세의 중심을 급진적으로 거부하며 내부로부터 혁명을 일으킨다.

『데카메론』의 문학적 가치는 체념에서 나온다. 작가 보카치오는 당대를 지배한 기독교의 내세 중심주의를 거부했다. 정확히 말해 그가 거부한 것은 하느님의 존재가 아니라 현세를 희생하면서 내세의 구원만 종용하는 교회 제도였다. 교회가 주는 구원의 메시지를 헛되고 기만적인 것으로 여겼던 그는 그런 희망을 접고 현실에 눈을 돌렸다. 그리고 현실의 결을 어루만지면서 위안을 얻고 또 독자들에게 위안을 주고자 했다. 특히 그런 위안이 사회적 소수로서의 여성을 향하면서도 다른 한편에서는 여성성이 진정으로 실현되는 모습은 보여주지 않는(못한)다는 모순되고 모호한 측면은 큰 흥미를 자아낸다.

여성성은 현실에 대한 보카치오의 작가적 감수성과 재현

의 의지를 잘 보여주는 항목이다. 보카치오는 딱히 여성의 해방을 외치지 않았고 여성의 억압을 덮어두려 하지도 않았다. 반복하자면, 여성에 대한 그의 이중적이고 모호한 태도는 그가 어떠한 절대적 이상과 이념에 얽매이지 않은 채 있는 그대로의 현실에 접근하려 했다는 징표다. 아무래도 『데카메론』의 힘은 도덕과 이념, 권력, 종교 등 강고한 보편 체계를 초월하여 파편처럼 널린 현실의 진정한 재현을 이루어냈다는 것에서 나온다. 교회가 다른 세계를 약속하고 이념이 다른 미래를 꿈꾸게 하며 도덕은 그런 다른 세계와 미래로 등을 떠미는 패권적 권력을 낳는다면, 그들이 하나같이 추구하는 이상론의 너울을 벗어 던지고 그들이 가린 주변부의 삶이 지닌 진실한 모습들을 들춰내 보여준다. 그래서 『데카메론』이 보여주는 '다른 세계' 는 약속된 것이기보다는 우리가 그냥 지나치던 삶의 우연한 것들이며, 『데카메론』이 제시하는 '다른 미래' 는 꿈의 대상이기보다는 현재의 이면들과 다르지 않은 것이다.

『데카메론』의 인물들은 여성성과 도덕, 이념, 권력 그리고 종교에 관련하여 모호한 태도를 취하면서 그것들이 지닌 어떤 이상적인 목표점에 다다르기를 거절한다. 바로 거기서 『데카메론』은 현실에 성큼 다가서는데, 왜냐하면 이상이 거절당하는 곳에서 진정한 현실이 떠오르기 때문이다. 『데카메론』의 인물들은 정열과 관용으로 가득하다. 그 정열은 중세 기독교의 금욕을 향한 정열과 다르며 그 관용은 자기와 다른 생각에 대한 이상주의적 배척을 거부함으로써 형성된다. 『데카메론』의 인물들은 주변부의 삶을 살지만 결코 무력하지도 도덕적이지도 않다. 그들은 도덕적인 순수와 엄정함, 그리고 사회적으로 무력한 처지에 호소하여 어떤 이상적인 지향점을 내세우고 그에 맞춰 권력을 획득하는 제국주의적 패권의 형성과 거리가 멀다.

보카치오는 복합적인 면을 지닌 '작가'였다. 일률적으로 규정할 수 없는 우리의 삶을 인식하고 재현하고자 했다. 무엇보다 현실을 앞에 두고 거짓말을 하지 않았다는 면에서 보카치오는 감동을 준다. 보카치오는 가톨릭의 진정성을 믿고 그 권위에 기대지만, 또한 동시에 가톨릭을 조롱한다. 여성의 해방을 말하면서 여성을 더 큰 굴레에 밀어 넣는다. 개인의 재능이 결국에는 이 험한 세상을 살아가는 가장 중요한 덕목이라고 인정하면서도, 그것이 전체의 평화에 어떻게 기여하는지는 말하지 못한다. 이들은 단지 현실의 여러 얼굴일 뿐이다. 『데카메론』은 그 얼굴들의 본질을 파악하고 어디론가 이끌면서 현실을 변형시키는 대신, 오히려 다양한 변주를 빚어낸다. 그래서 『데카메론』은 그 자체가 현실의 또 하나의 얼굴이 되는 것이다.

그것이 『데카메론』을 가장 '데카메론' 답게 만든다. 왜냐하면 그런 『데카메론』을 읽을 때 우리는 친숙하다고 여긴 현실에 대해 문득문득 놀라거나 반대로 낯선 현실을 친숙하게 느끼게 되고, 『데카메론』이 그렇게 현실을 보게 해주는 또 하나의 현실로 우리 곁에 있다는 것을 알게 되기 때문이다. 『데카메론』은 현실을 지배하고 담아낸다. 현실보다 큰 어떤 틀의 일부가 아니라, 그 자체가 재현한 현실의 일부분으로 존재한다. 『데카메론』을 읽으면서 우리는 문학 텍스트와 현실을 가르는 막이 대단히 얇다는 것을 발견한다.

『데카메론』은 『신곡』에 비해 현저하게 열려 있다. 『신곡』은 기독교적 구원의 목표와 지향이 뚜렷한 만큼 거기서 벗어나는 해석을 여는 큰 수고를 요구하지만, 『데카메론』은 아무 목표와 지향 없이 그 자체로 그냥 열려 있다. 『데카메론』이 지향하는 곳은 오직 현실이며, 현실이란 그 자체가 모호하고 우연한 무엇이기 때문이다. 바로 그래서 우리는 『데카메론』을 읽으며 당황하는 것이다. 그 당당한 열림을 주체할 수 없기 때문이다. 그만큼 우리는 어떤 이상에 터를 둔 사회, 어떤 목표를 향해 나아가는 역사에 몸을 두고 있을지도 모른다. 그것이 근대와 기독교의 발전론적 역사주의라면, 『데카메론』은 분명 그것을 넘어서는, 더욱 보편적인 지향점을 내재하고 있을 것이다.

3 장 — 영향과 의의

G i o v a n n i   B o c c a c c i o

영향

앞서 소개한 기독교와 이슬람교, 유대교에 비유한 세 개의 반지 이야기("멜키세덱 이야기")는 보카치오의 이신론(理神論)을 잘 보여준다. 르네상스의 전성기인 15세기 말에 오면 이탈리아 작가 루이지 풀치(Luigi Pulci)의 『대(大)모르간테』에 유사한 사고가 등장한다. 기독교와 이슬람교의 대립의 끝에는 늘 기독교가 승리하고, 패배한 이슬람 측의 개종이 뒤를 이으면서 양측의 화해가 이루어지는 것이 중세의 정서였다. 그러나 풀치는 이런 중세의 이야기들을 패러디하고 조롱하면서 어느 종교에나 상대적인 장점이 있다는 확신을 내세운다. 보카치오처럼 풀치는 중세를 과감히 넘어선다. 이전의 수백 년 동안 신앙의 길은 정통이냐 이단이냐, 기독교냐 이교도

혹은 이슬람이냐의 양자택일이었지만, 풀치가 묘사하는 거인 마르구테는 모든 종교에 맞서서 관능적인 이기주의와 악덕에 빠져 있음을 즐겁게 고백하면서도, 배신은 한 번도 한 적이 없다는 것을 내세우는 인물이었다. 부르크하르트는, 마르구테가 풀치의 경박성을 보여주는 증거라고 비난하지만, 15세기의 이탈리아 문학이 담아낸 당대의 세계관을 대표하는 인물인 것은 확실하다.

영국의 언론인 폴 존슨(Paul Johnson)은 초서가 『데카메론』을 읽지 않았기 때문에 『켄터베리 이야기 *The Canterbury Tales*』(1387~1400)의 전체적인 구성과 틀은 전적으로 초서 고유의 것이라고 말하지만,[12] 구조와 주제에서 두 작품은 놀라울 정도로 유사성을 보이는 것은 사실이다. 일반적으로 초서가 『데카메론』을 읽었을 가능성이 크고, 직접 읽지는 않았더라도 『데카메론』의 특이한 구성에 대해서는 잘 알고 있었을 것으로 알려져 있다. 실제로 초서는 보카치오가 세상을 떠나기 3년 전에 이탈리아를 여행한 적이 있다. 무엇보다 『켄터베리 이야기』에 나타나는 소재와 장르, 스타일, 당대의 인간 유형들을 아우르는 다양성과 복합성, 그리고 삶에 대한 낙관과 관용의 측면들에서 보카치오의 영향이 엿보임을 부정하기 힘들다.

미국의 역사학자 대니얼 부어스틴(Daniel J. Boorstin)은, 단테가 '비극' 이란 형식으로 신의 세계를 노래했다면, 보카치오를 비롯하여 초서·라블레·세르반테스·셰익스피어·밀턴·기번 등의 작가들은 인간 군상을 '희극' 으로 그려냈다고 말한다.[13] 보카치오는 이 대열의 맨 앞쪽에 있으면서 라블레의 익살과 불경스러움, 몰리에르의 신랄한 재치에 영향을 주었다. 또한 후세의 이탈리아 이야기꾼들에게 마르지 않는 영감의 샘이 되었고, 마게르트 드 나바르의 『7일 *Heptameron*』(1549년경)에 직접적인 영향을 주었다.

피암메타

베아트리체가 단테의 여자이고 라우라가 페트라르카의 여자라면, 피엠메타는 보카치오의 여자다. 단테의 『새로운 삶』은 온통 베아트리체에 대한 숭고한 사랑으로 채워져 있고, 『신곡』에서 단테를 하느님의 영원한 구원으로 이끄는 천사의 존재도 베아트리체다. 페트라르카가 서양의 연애 서정시의 고전 『칸초니에레』를 쓴 것은 라우라에 대한 절절한 사랑에 기인한 것이다. 단테의 문학이 본질적으로 중세라는 과거를 매듭짓는 종합자의 견지에서 베아트리체를 인류의 구원자로 내세우는 데 비해, 페트라르카는 라우라를 인간의 육체를 지니고 유한자로서의 삶을 살다 간 문학적 구원의 대상으로 생각했다. 그것은 당시에 퍽 새롭게 이해된 인간 중심적인 사랑의 개념이었다. 사랑의 개념은 단테가 생각하는 하느님의 구원에서 페트라르카가 느끼는 인간의 지각과 기억으로 옮겨간 것이다.

단테가 베아트리체를 처음 봤을 때 그녀는 분명 피와 살을 지닌 여자였고, 단테가 사랑했던 것도 분명 그런 이성(異性)으로서의 베아트리체였다. 그러나 단테는 그녀에 대한 사랑을 마음속 깊은 곳에서 키우며 하느님을 향한 자신의 삶과 구원의 이유와 목표로 삼았다. 베아트리체는 사랑의 현실적 대상이라기보다 그런 신적 사랑의 화신이었다.

베아트리체가 죽고 나서 단테의 사랑은 두 갈래로 나뉘었던 것 같다. 하나는 단테의 좌절과 정념이 영원한 사랑과 구원을 지향하는 것으로 더욱더 깊어졌고, 『신곡』과 함께 극적으로 표현되었다. 다른 하나는 베아트리체의 죽음은 단테로 하여금 현세에 관심을 돌리게 만들었다. 그는 아리스토텔레스를 읽었고 피렌체를 중심으로 이탈리아 반도의 정치판에 뛰어들었으며, 당대의 혼란스러운 사회를 개혁할 계몽적 의지를 『신곡』에 담았다.

그런 면에서 페트라르카의 『칸초니에레』에 담긴 시들 역시 라우라의 죽음 이전과 이후의 분위기가 사뭇 다르다. 죽음 이전에 비해 이후에 쓴 시들은 현저하게 삶에 집착하고 몰두하는 면을 보인다. 기억으로만 되살아나는 라우라의 모습에서 페트라르카는 현세에 더욱 가치를 두고, 지상에 남은 자신을 더욱 확고한 존재로 되돌아보게 된다.

보카치오의 피암메타는 베아트리체보다 라우라에 가깝다. 보카치오는 피암메타의 시들고 썩어갈 육체적 가치를 현세적 즐거움의 차원에서 아쉬움을 섞어서 재현했다. 그러나 보카치오에게 단테나 페트라르카와 같은 극적인 경험은 없었다. 단테와 페트라르카에 비하면 보카치오의 '사랑'은 치졸하게까지 보인다. 그는 불륜의 사랑을 했고 그나마도 단발에 그쳤다. 피암메타는 보카치오에게 스쳐 지나가며 상처만 남긴 존재였던 것 같다. 실제로 피암메타에 대한 보카치오의 현실적인 사랑은 오래 지속되지 않았다. 피암메타가 멀쩡하게 살아 있는 동안에도 보카치오는 그녀와의 사랑을 지속하지 못했고, 사랑의 감정은 식어 돈과 인간관계에서 나오는 온갖 추문과 상처만 남겼을 뿐이다.

그렇게 보카치오의 인생에서 한 획을 긋고 간 피암메타는 이름 그대로 '작은 불꽃'이었다. 그러나 현실체로서의 피암메타는 보카치오 문학에서 거듭난 존재로 부활했다. 보카치오는 피암메타를 부활시키는 과정에서 어떤 현세적 구원의 길을 찾고자 한 것으로 보인다. 보카치오가 생모의 존재와 이미지까지 창작한 것처럼, 피암메타도 보카치오의 창작에 의해 구성된 부분이 많다. 보카치오는 여러 작품에서 피암메타를 상징하는 인물들을 등장시키면서 자신의 사랑을 이어가고 있다. 피암메타는 『데카메론』에서 실명으로 등장한다. 『필로콜로』에서 보카치오는 피암메타를 나폴리에서 만났으며, 그녀는 당시 나폴리의 왕인 로베르트토 왕의 딸이자 아퀴노 백작의 부인이라는 등의 이야기를 하지만, 이는 역사적으로 확실하지 않다. 역사가들은 로베르트토 왕에게 그런 딸이 없다고 회의적인 시선을 보내고 있다. 심지어 생모를 모델로 한 가공인물이라는 견해마저 나온다. 그러나 피암메타가 실증되지 않는 인물임을 강조하는 것은 별 의미가 없다. 분명 그 대상은 있었고, 단지 보카치오의 마음에서 커나가고 변신하여 여러 작품에서 나타났기 때문이다. 모든 작가들이 저마다 그런 존재를 지녔듯이, 피암메타는 보카치오가 내면에서 키우고 유지하던 문학적 영감의 샘이었으며, 그의 문학의 성격을 잘 드러내 보여준다.

노벨라

노벨라(novella)는 일반적으로 모든 주제를 다루는 모든 형태의 서사 형식을 가리킨다. 보카치오는 『데카메론』의 도입부에서 '노벨라'라는 용어를 직접 사용하면서 『데카메론』의 형식을 설명하고자 했다. 『데카메론』에 담긴 100편의 이야기들은 노벨라와 파블리오, 우화, 역사로 구성되는데, 그중에 노벨라는 각각의 이야기들의 뼈대를 이루며, 파블리오와 우화는 각 노벨라들의 앞과 뒤에 자주 등장하여 비유를 통해 노벨라를 시작하는 추임새의 역할을 하거나 그 의미를 간추려 소개한다.

노벨라를 단편소설로 보는 견해에 따르면, 단편소설의 근대적 형식이 에드가 앨런 포(A. A. Poe) 보다는 『데카메론』에서 시작되었다고 보아야 할 것이다. 그러나 노벨라 형식이 반드시 단편소설과 일치하지는 않는 것 같다. 우리가 아는 단편소설과 다르기 때문에 원어 그대로 '노벨라'를 사용하는 것이 적절할 것이다.

'노벨라'는 이탈리아어로 '새로운 것'이라는 의미를 담고 있어서, 보카치오는 스스로 『데카메론』이 전부터 내려오는 형식이 아닌, 새로운 상황과 현실을 담아내는 새로운 형식임을 강조하고자 했던 것 같다. 첫 번째 날 세 번째 이야기인 "멜키세덱 이야기"의 경우에서 보았듯이, 똑같은 내용이라도 보카치오는 자기 시대의 새로운 시각과 감각에 의거해 새로운 메시지를 담아내며 재구성하고 있다. 그뿐만 아니라 사랑의 개념은 프로방스 문학이나 청신체파 시절의 단테, 그리고 깊이 교류하던 페트라르카와는 전혀 다른 색채로 칠해져 우리를 놀라게 한다. 보카치오가 구성하는 노벨라의 세계에는, 하느님의 섭리를 외면하고 개인의 현실적인 능력을 발휘하여 세상을 살아가고 그것으로 모든 것이 이루어진다고 생각하는 새로운 부르주아 인간들이 우글거린다. 결국 '노벨라'라는 용어는 소설이라는 새로운 형식을 지칭할 뿐만 아니라, 새로운 세계와 거기에 담긴 새로운 가치관을 가리키는 것이기도 하다.

역사적으로 노벨라는 13세기부터 현재까지 나타난 넓은

범위의 산문 작품의 형식을 가리키는 단어로 사용되었다. 그 기원은 중세의 우화나 기사 로망스에서 민담, 성인전에 이르기까지의 넓은 범위에 걸친다. 넓은 범위에서 수집한 내용을 짧은 형식으로 가공하면서 시간과 행동의 통일, 단일 플롯, 직접적인 서술 문체의 특징을 보이며, 주로 독자의 흥미를 유발하거나 계몽하는 목표를 지녔다. 이러한 기본적인 특성은 특히 이탈리아에서 나타났다.

보카치오는 이 형식을 잘 발전시켜 사용했으며 후대에 영향을 주었다. 사실상 노벨라는 『데카메론』과 함께 탄생했다고 봐도 무리가 아닐 정도로 보카치오는 노벨라 형식을 완벽하게 구현하여 이후 세대가 차용하여 쓰기에 어려움이 없도록 했다. 그런데 이 말은 노벨라의 형식이 보카치오 이후에는 꾸준히 쇠퇴했다는 의미도 된다. 세르반테스가 1613년 발표한 『모범소설 *Novelas Ejemplares*』에서 노벨라는 큰 변화를 겪으면서 새로운 서사 형식으로 변신했다.

그런 가운데서도 노벨라는 17세기까지 보카치오의 추종자들에 의해 원래의 형식을 유지했으나, 이후 19세기에 들어 죠반니 베르가(Giovanni Verga)와 이폴리토 니에보(Ippolito Nievo), 가브리엘레 단눈치오(Gabrielle D' Annunzio), 루이지 피란델로(Luigi Pirandello) 같은 이탈리아 작가들에게서 새로운 형식으로 거듭났다. 노벨라 형식의 기운은 20세기에도 꺼지지 않고 카를로 에밀리오 갓다(Carlo Emilio Gadda), 알베르토 모라비아(Alberto Moravia), 이탈로 칼비노(Italo Calvino) 등 현대 이탈리아 작가들에까지 이어졌다.

『데카메론』 연구사

『데카메론』은 처음 나왔을 때 상당히 큰 반향을 불러일으키며 널리 퍼졌으나, 공식적인 비평은 대중적인 여흥을 위해서나 쓸모가 있는, 의식 없이 씌어진 저열한 범주의 글이라는 내용이었다. 라틴어로 된 저작의 가치만 높이 샀던 당시에 『데카메론』이 속어, 즉 이탈리아어로 씌어졌다는 것은 치명적이었다. 당시에 나오기 시작하던 다른 이탈리아어 작품들과 함께 『데카메론』은 숭고하고 진정한 문학에 속하지 않는 것으로 평가되었다. 더욱이 현실의 적나라한 면을 너무나 자유롭게 펼쳐내는 내용은 기존의 지배층의 관심을 끌지 못했다. 그러나 당시는 역사의 거대한 흐름이 방향을 바꾸던 때였다. 사회의 새로운 주축으로 떠오르던 상인 계층에게서 『데카메론』은 열렬한 환영을 받았다.

15세기 말에 이르러 이탈리아어 작가들에 대한 재평가가 나오기 시작했다. 메디치 가문의 수장으로서 시도 쓰고 비평도 하던 로렌초 데이 메디치(Lorenzo dei Medici)는 단테와 페트라르카, 보카치오가 역사와 삶의 의미를 이탈리아어로 아주 쉽고 명확하게 표현해내는 모습을 보였다고 평가했다. 이탈리아어 작품에 대한 본격적인 평가는 16세기 들어서서 이루어졌다. 위대한 언어학자 피에트로 벰보(Pietro Bembo)는 페트라르카를 이탈리아어 운문의 전범(典範)으로, 보카치오를 이탈리아어 산문의 전범으로 규정했다. 초기에 문학적 소양을 별로 갖추지 못한 상인 계층에서만 주목을 받았던 『데카메론』이 위대한 문학의 반열에 오른 것은 이때부터였다. 『데카메론』은 구조와 주제, 문체 등의 측면에서 이제 참조와 모방의 대상이 되었다. 그 내용에서 여전히 문제가 된다고 여겨지는 것들도 편집을 통해 윤색되곤 했다. 예를 들어 1573년 피렌체의 쥰티(Giunti) 발행판의 제목은 『데카메론』에서 부족하다고 보이는 도덕률을 보완하면서 "트렌토 공의회의 규범에 따라 개량되고 로마에서 교정된 피렌체 시민 죠반니 보카치오의 『데카메론』"으로 바뀌었다.

16세기에 일어난 반(反)종교개혁의 상황 아래서 『데카메론』에 대한 비평은 호의적으로 변했다. 이전에 교회를 조롱하고 풍자하는 내용으로 여겨졌던 것들에 대해서도 관대해졌고, 오히려 중세 성직자의 참회를 보여주는 것으로 해석되어 이를 종교개혁에 대항하는 논쟁 무기로 사용하기도 했다. 이후 『데카메론』을 두고 도덕을 따지는 종교 논쟁은 지금까지도 계속되고 있다.

17세기 바로크 시대는 페트라르카에게 그러했듯 보카치오에게도 적대적이었다. 사실 과거의 작가들에 무관심하고, 새로운 취향에 눈을 돌리며, 이전과 다른 언어와 문체에 관심을 가졌던 시대였다. 보카치오에 반대하는 논쟁의 내용은 대개 언어에 집중되었다. 이탈리아어의 모태이고 사실상 보카치오가 쓰던 토스카나어가 그동안 누려왔던 헤게모니에 대해서 반대하는 목소리가 커졌던 반면, 라틴어로 다시 씌어진 『데카메론』의 판본이 지닌 간결하고 자연스러운 문체는 더욱 조명을 받았다. 이들의 눈에 보카치오의 이탈리아어 문체는 거칠고 미숙해서 라틴어 문체가 주는 조화와 안정과는 거리가 먼 것이었다. 이런 입장은 아르카디아와 계몽주의를 거치면서 더욱 증폭되었다. 『데카메론』의 언어는 자연스럽지 못한 강제된 기형, 이탈리아어의 진정한 가치에 반하는 것으로 비난을 받았고, 반면 벤베누토 첼리니(Benvenuto Cellini)의 언어는 자연스럽고 장중한 것으로 찬미받았다. 한편 17세기에 영어로 번역된 책의 표제는 “환락, 재치, 웅변, 그리고 대화의 본보기"였고, 그 범위는 "익살스러운 이야기에서 가장 오묘한 정감에 이르기까지 놀랄 만한 이야기들"로 묘사되었다.

19세기에 들어서서 보카치오를 새롭게 연구한 보타리(G. Bottari)는 『데카메론 강의 *Lezioni sopra il Decameron*』(1818)에서 보카치오는 단순한 이야기꾼이 아니며 외설을 추종하는 자도 아니라고 옹호했다. 그가 보기에 보카치오는 인간 지성의 존엄성을 확고하게 추구하며, 그로부터 중세적 종교성이 지닌 미신적 측면을 풍자한 작가였다.

한편 이탈리아 낭만주의 시인 우고 포스콜로(Ugo Foscolo)는 「데카메론에 관한 논의 Discorso sul testo del Decameron」(1825)에서 이전의 비판적 입장에서 제기된 문제들, 즉 『데카메론』이 비도덕적이며 이탈리아어의 형성에 부정적인 영향을 끼쳤다는 비난을 다시 들고 나왔다. 그러나 분명 이전과는 다른, 훨씬 더 성숙된 역사적 의식과 미적 관점에서 『데카메론』의 언어를 면밀히 검토했다. 거기서 포스콜로가 본 것은 지식인과 대중의 친밀한 결합이었다. 이 점은 지금까지 보카치오의 위대성을 증명하는 것들 중 하나로 인정된다.

낭만주의 시대의 비평가들은 문학과 언어보다는 텍스트를 일정한 역사적 상황의 표현으로 보고 그 이념적 의미를 추출하는 데 골몰했다. 프랑스의 역사학자 퀴네(E. Quinet)는 『이탈리아의 혁명들 *Les revolutions d' Italie*』(1848)에서 『데카메론』이 중세 그리스도교가 축적한 환상을 걷어버리고 자연주의와 르네상스를 선도했다고 평가했다. 중세의 압박에서 벗어난 인간의 자유로운 팽창의 즐거움을 강조했다는 것이다. 또 한편으로 그는 이탈리아 문학과 의식이 불가피하게 지니고 있던 중대한 병, 즉 '무관심한 영혼'이 보카치오와 함께 탄생했고, 조국과 도덕의 이상에 무관심한, 소위 '예술을 위한 예술'의 교리에 사로잡힌 이탈리아 작가들의 뿌리 깊은 특징이 보카치오와 함께 시작되었다고 주장했다.

한편 19세기 이탈리아의 문예비평가 프란체스코 데 상티스(Fran-cesco De Sanctis)는 도덕적·이념적 측면에서『데카메론』을 초월과 금욕주의의 중세에 대한 현세와 개인의 욕망 실현이라는 근대의 정신적 혁명의 산물로 보았다. 이러한 역사적이고 이념적인 전망에서 벗어나 보카치오를 그저 작가로 보고 판단한 것은 20세기 이탈리아의 문화 지형에 아마 가장 큰 영향력을 행사했던 크로체(Benedetto Croce)였다. 크로체는 보카치오를 인간의 삶을 그 다양성과 무한한 농도 가운데서 포착하고 표현한 작가로 정의했다. 보카치오 문학에서 우리의 삶은 가장 고귀한 단계부터 가장 저열한 단계까지, 외적인 상황에서부터 내면의 심리 변화에 이르기까지, 완벽하게 묘사된다는 것이다. 이는 19세기 비평에서는 포착하지 못했던 점이다.

그 뒤를 이어 보스코(U. Bosco)와 페트로니오(G. Petronio)

같은 작가들은 『데카메론』의 중심 모티브가 인간 지성의 찬미에 있다고 보았다. 보카치오를 시인으로 만드는 것은 음탕한 사랑이나 모험이 아니라 살아 있는 지성을 지닌 인간을 창조했다는 것에 있다고 본 것이다. 그 결과 『데카메론』은 '지성적인' 문학작품으로 정의되었다. 브란카(V. Branca)는 『중세적 보카치오 *Boccaccio medievale*』(1956)에서 『신곡』과 『데카메론』을 대립시키는 것이 이제는 무의미하며, 『데카메론』은 『신곡』을 인간세계로 연장시키고 있다고 평가했다.

결론적으로 『데카메론』은 서양의 문학에서 대단히 중요한 위치에 서 있다. 독일 출신의 미국 문학비평가인 에리히 아우얼바흐(Erich Auerbach)는 네 번째 날 두 번째 이야기를 집중 분석하면서 거기서 표출된 예술적 기교는 이전의 서사문학에서 결코 존재하지 않았다고 말한다. 보카치오의 가치는 무엇보다 스스로 지닌 현실 재현의 재능과 정신을 산문 형식의 규범에 맞춰 조화를 이루어냈다는 것에 있다. 그 때문에 『데카메론』의 세계에서 우리는 살아 있는 현실이 눈앞에서 재현되는 것을 목격할 수 있는 것이다.

『데카메론』과 파솔리니

이탈리아의 시인이자 소설가이고, 평론가이자 영화감독인 피에르 파올로 파솔리니(Pier Paolo Pasolini)가 1971년에 제작한 영화 「데카메론」은 보카치오의 『데카메론』에서 영감을 받아 나폴리를 배경으로 한 일곱 편의 단편으로 구성되었다. 「켄터베리 이야기」와 「천일야화」와 함께 파솔리니의 3부작으로 꼽히는 이 세 편의 영화는, 성을 주제로 한 도발적인 이야기들을 연작 형식으로 담아낸다는 공통점을 지닌다. 종교의 억압과 기만성을 폭로하고 성의 해방과 즐거움을 상승시키며 죽음과 파멸에 대한 감정까지도 이상화시킨다. 영화 「데카메론」은 개봉 당시 사회적으로 엄청난 물의를 일으켰다. 물의를 일으키는 것이 바로 예술가의 사명이라고 주장하

피에르 파올로 파솔리니.

는 파솔리니의 기본적인 생각에 딱 들어맞는 것이었다. 이 영화는 베를린 영화제에서 은곰상을 수상하고 흥행에서도 성공을 거두었으며 수많은 모방작을 낳았다.

소설 『데카메론』을 해석한 파솔리니의 영화 「데카메론」은 원작에 대한 다른 수많은 학문적 비평만큼 중요하다. 원작은 오랫동안 수많은 비평을 거쳐 단련된 한 편의 고전인 반면, 파솔리니의 영화는 그런 원작에 충실하지 않았다는 비난을 받았다. 그러나 이런 부정적 반응은 대부분 파솔리니에 반대하는 정치적 입장 혹은 파솔리니를 비판하는 논쟁들에서 나온 것이다. 파솔리니의 작업들은 영화뿐만 아니라 문학과 연극 등 모든 면에서 항상 물의를 일으키는 것을 목표로 했기 때문에 넓은 대중적 공감은 원래부터 불가능한 것이었다.

『데카메론』을 영화로 옮긴 파솔리니의 목표는 원작을 베끼자는 것이 아니었다. 그는 영화를 자체의 언어를 지니는, 독립된 예술 형식으로 생각했다. 따라서 원작의 구조를 강조함으로써 영화를 문학 구조에 넣으려는 잘못을 범하지 않으려 했고, 원작의 아우라를 잃는 대신에 영화의 새로운 아우라를 만들어내고자 했다. 대사와 서사 구조는 충실히 재생하긴 했지만, 시각 이미지의 힘은 문학 텍스트를 극도로 변화시켰다. 간단히 말해 파솔리니의 「데카메론」은 보카치오의 『데카메론』에 충실하지 않았으며, 바로 그 때문에 우리는 새로 거듭난 보카치오를 만날 수 있는 것이다.

비유하자면, 보카치오의 『데카메론』이 글말이라면 파솔리니의 「데카메론」은 입말이었다. 글말로 이루어진 소설 『데카메론』의 세계를 펄펄 살아나는 입말로 바꾼 것이다. 그래서 언어적·서사적 상징보다는 현실의 시각적 이미지를 통해서 현실 자체가 전면에 드러나도록 했다. 그것은 파솔리니가 문학에서 영화로 기계적으로 옮긴 것이 아니라, '해석' 했다는 의미를 지닌다. 그렇게 해서 나온 영화 「데카메론」은 소설 『데카메론』을 가장 적절하게 재현했다. 파솔리니는 소설 『데카메론』에 나타난 현실의 모호성과 자연스러움을 영화를 통하여 더 밀착하여 드러내고자 했기 때문이다.

2 리라이팅

Decameron

데카메론

『데카메론』은 보카치오가 피렌체에서 흑사병이라는

거대한 재난을 겪으며 남긴 현실의 기록이다.

일곱 명의 여자와 세 명의 남자를 등장시켜 열흘 동안 하루에 한 편씩

이야기를 서로 들려주는 구조를 취하고 있다.

모두 100편의 이야기로 구성된 『데카메론』에서 보카치오는

어떤 주어진 이상을 거절하고 자기가 맞닥뜨린 현실을 소개한다.

그뿐만 아니라 현실을 바꾸어나갈 의지의 낙관론을 펼친다.

『데카메론』은 아무런 지향 없이 그 자체로 열려 있다.

지향하는 곳이 단지 현실이며, 현실이란 자체가 모호하고 우연한

무엇이기 때문이다. 이제 우리가 『데카메론』을 읽으면서

곤혹스러워진다면, 그것은 바로

그 당당한 열림을 주체할 수 없기 때문일 것이다.

첫 번째 날 프롤로그

데카메론의 첫 번째 날이 시작된다. 먼저 작가가 나서서 뒤에 나오는 사람들이 무슨 이유로 함께 모여서 이야기를 나누게 되었는지 설명한 다음, 팜피네아가 인도하는 대로 각자 마음에 드는 이야기를 들려준다.

지극히 우아한 숙녀 여러분! 여러분이 천성적으로 온유하다는 것을 떠올리니 이 책의 서두가 여러분의 마음을 무겁게 하고 지긋지긋하게 만들 거라는 생각이 듭니다. 죽음에 이르는 전염병, 그것을 본 사람이나 겪은 사람에게 끔찍한 마음의 고통과 슬픔을 안겨준 그 고통스러운 기억은 사라졌는데, 지금 책머리에서 그 얘길 또 꺼내야 하니 말입니다. 하지만 그렇나고 이 책을 읽는 동안 한숨과 눈물에 젖어야 하나 그런 걱정은 하지 않으셔도 됩니다. 이 괴로운 시작은 여행자 앞을 가로막고 선 험하고 높은 산과 같습니다. 그 너머에는 아름답고 쾌적한 평야가 펼쳐져 있으니, 험한 산을 오르내리는 수고는 더 큰 기쁨을 가져올 테니까요. 즐거움의 끝에는 고통이 찾아오듯이, 불행은 홀연히 나타나는 희열로 끝나게 마련이지요. 이 짧은(몇 마디에 담기 때문에 짧다고 하는 것입니다.) 불쾌함이 지나가면 제가 앞에서 약속했던 쾌락과 기쁨이 찾아옵니다. 아마 이렇게 먼저 말하지 않으면 이런 식의 서두에 뒤이어 오는 쾌락과 기쁨을 기대하지 못하실 것입니다. 이런 험한 길 대신에 제가 원하는 길을 따라서 여러분을 안내할 수 있었다면 그렇게 했을 겁니다. 그러나 여러분이 읽게 될 이야기들이 어디서 나왔는지 보여주기 위해서는 이런 기억을 불러일으켜야만 하겠기에, 별 도리 없이 써야겠습니다.

하느님의 아들이 태어난 지 1348년이 되던 때, 이탈리아의 도시들 중에서 가장 빼어나고 고귀한 도시 피렌체에 치명적인 흑사병이 돌았습니다. 천체의 영향이 인간에게 미친 것이라고도 하고, 우리의 삶을 올바로 이끄시려는 하느님의 정의로운 노여움에 의한 것이라고도 합니다만, 어쨌든 그 전염병은 몇 해 전에 동쪽에서 시작되어 살아 있는 목숨들을 셀 수도 없이 빼앗으면서 서쪽을 향해 처절하게 확대되어온 것입니다.

그 휘몰아치는 전염병에 대해서는 어떤 인간의 지혜도 대책도 소용이 없었지요. 산더미로 쌓인 오물들을 특별히 임명된 공무원들이 청소하고, 병든 자들은 도시에 들이지 않았으며, 수많은 위생 지침이 고시되었지만 모두 헛된 일이었습니다. 신앙심이 깊은 사람들이 행진을 하고 또 다른 모든 방식을 동원하여 하느님께 간청하길 수없이 해도 효과는 없었습니다. 앞서 말한 해의 초봄에 전염병은 그 가공할 위력을 드러내기 시작했습니다. 병은 동양에서와는 다른 양상을 보였지요. 동양에서는 코피가 나면 죽음을 피하지 못한다고 말했지만, 여기서는 병에 걸리면 남자든 여자든 똑같이 샅이나 겨드랑이에 종기가 나는 것이 초기 증세였지요. 어떤 것은 달걀 크기만 하고 어떤 것은 보통 사과만 했습니다. 큰 것도 있고 그리 크지 않은 것도 있지만 그 종기를 사람들은 가래톳이라고 불렀지요. 이것은 앞서 말한 두 부위에서부터 나기 시작하여 삽시간에 몸 전체로 마구 퍼져나갔습니다. 그러다가 검은색 또는 납빛의 반점들이 나타나는 것으로 전염병의 특성이 시작되었지요. 팔이며 허벅지며 그 밖에도 몸의 구석구석에 반점들이 찍혔는데, 큰 것은 숫자가 적고 작은 것은 촘촘하게 나타났습니다. 가래톳이 처음이나 나중이나 죽음의 전조였듯이, 이 반점도 그러했습니다.

이 전염병에는 의사의 조언도 치료도 소용없었고, 무슨 병인지도 몰랐으며, 그때까지 이 병을 연구한 의사도 없었지요. 병의 근본 성격이 약을 받아들이지 않는 것인지, 아니면 의사의 무지 탓인지는 모르겠습니다만(남자든 여자든 의학 지식을 제대로 갖추지도 못한 채 그저 의사라는 사람들은 굉장한 숫자로 불어났어요.) 어쨌든 병이 어떻게 생겨나는지 몰랐기 때문에 손을 제대로 쓸 수 없는 건 당연했지요. 그래서 회복되는 사람은 극히 드물었답니다. 오히려 앞서 묘사한 증세가 나타난 지 사흘 안에 대부분 열이나 다른 합병증 없이 죽어갔던 거죠.

그러나 흑사병을 더 심각하게 만든 것은, 병에 걸린 사람들이 아직 감염되지 않은 사람들과 섞일 경우 여지없이 마른 장작이나 기름종이에 불이 확 옮겨 붙듯이 빠른 속도로 병이 퍼져나가는 것이었습니다. 더 끔찍한 일도 있었지요. 건강한 사람이라도 환자와 말을 주고받거나 접촉만으로도 이내 병에 전염된 사람들처럼 똑같이 죽어갔으며, 환자가 입었던 옷이나 사용했던 물건들을 만지기만 해도 병이 옮겨가는 듯했지요.

제가 얘기하려는 것은 참으로 놀라운 일입니다. 저도 많은 사람과 함께 직접 목격한 사실이니 망정이지 그렇지 않았다면 감히 믿으려고도 하지 않았을 거예요. 저 또한 다른 사람에게서 들은 것이라면 이렇게 글로 옮기지는 못했을 겁니다. 지금까지 묘사한 흑사병은 사람들 사이에 단순히 옮겨지는 것 이상으로 눈에 띄게 강력한 전염력을 지니고 있습니다. 다시 말해 병에 걸린 사람이나 병으로 죽은 사람의 물건을 건드리면 사람이고 동물이고 할 것 없이 금방 전염이 될 뿐만 아니라 그 즉시 죽음에 이르는 것입니다.

말씀드린 일들 중 제가 직접 본 것도 있습니다. 이 병으로 죽은 어느 가난뱅이의 누더기가 거리에 나뒹굴고 있었는데, 마침 그것이 돼지 두 마리의 눈을 끌었습니다. 이놈들이 꿀꿀거리며 누더기에 코를 쑤셔 박고는 이빨로 물고 마구 휘둘러 대지 않았겠습니까. 그러더니 삽시간에 독을 쐰 듯 경련을 일으키더니 누더기 위에 털썩 쓰러져 죽고 말았습니다.

이와 비슷하거나 혹은 더한 일들로 인해 살아남은 사람들은 무서움에 떨고 망상에 시달렸지요. 거의 대부분이 극도로 잔인해지고, 환자와 그에 속한 것들을 멀리했습니다. 그런 식으로 자기 목숨은 스스로 지켜야 한다는 생각이 만연했습니다. 그런데 개중에는 절제하고 살면서 무슨 일이든 지나치지 않으면 그런 불행은 이겨나갈 수 있을 거라고 생각하는 사람들도 있었습니다. 그들은 저들끼리 무리를 지어 은둔하며 살았습니다. 그들은 환자가 없는 집 안에 콕 틀어박혀서 절제하는 태도로 정갈한 음식과 고급 포도주를 마시며, 다른 사람과의 접촉을 끊고 외부 일이나 죽은 사람이나 병에 걸린 사람의 일 따위는 깨끗이 잊은 채, 저희들끼리 재미난 이야기를 나누고 악기를 연주하는 등 가능한 모든 일을 즐기며 살았던 것입니다. 반면에 실컷 먹고 마시며 즐기고 노래하고 주변을 돌아다니며 모든 욕망을 닥치는 대로 충족하고 살면서 모든 불안과 의심을 지우는 것이, 흑사병에 대한 최선의 대처라고 믿는 사람들도 있었습니다.

병자는 이웃이나 부모 또는 친구들에게서 버림을 받았고, 그나마 남아 있는 하인들 눈에 이전에는 듣도 보도 못한 일이 생겨났습니다. 아무리 우아하고 아름답고 예의 바른 부인일지라도 일단 병에 걸렸다 하면 젊었거나 늙었거나 남자 하인을 부리기 시작했던 겁니다. 그저 그런 병에 걸렸으니 어쩔 수 없다는 이유로, 여자 앞이라면 또 모를까 남자 하인 앞에서 서슴없이 발가벗고 모든 부분을 드러내 보이는 겁니다. 나중에 병이 나은 다음에 부인들이 정절에 무디어지는 원인이 되기도 했지요.

그런가 하면 조금만 도움을 받았다면 살 수도 있는 사람들이 수없이 죽어갔습니다. 병자를 간호할 적절한 길이 부족한데다 흑사병이 너무 심했기 때문에, 얘기만 들어도 입이 벌어질 만큼 엄청나게 많은 사람들이 밤낮을 가리지 않고 도시에서 죽어갔던 것입니다. 그래서 살아남은 사람들 사이에서 기존의 전통과는 상당히 다른 관습이 생겨났던 것 같습니다.

예전에는 친척이나 이웃 여자들이 고인의 집에 모여 고인과 친했던 사람들과 함께 슬픔을 나누며 눈물을 흘렸지요. 지금도 그건 당연한 일이겠지요. 고인의 집 앞에는 친지며 이웃이며 굉장히 많은 사람들이 모였고, 고인의 지위에 따라서는 사제가 오기도 했지요. 동료들이 운구를 맡은 가운데 성대한 촛불과 성가의 장례를 거쳐 고인이 죽기 전에 선택한 교회로 향했습니다.

그런데 이런 일들은 잔인한 흑사병의 습격으로 완전히 사라져 버리고 다른 풍습이 생겨났습니다. 남자들은 도와주는 여자들도 없이 죽어나갔고, 또 임종을 지켜보는 사람도 없이 생을 마치는 사람들도 부지기수였으며, 진심으로 슬퍼하며 애처롭게 울어주는 친지도 거의 없었고, 오히려 사별하는 입장인데도 사람들은 웃고 농담을 주고받고 왁자지껄하게 잔치판을 벌이기도 했습니다. 여자들은 으레 지녔던 여자다운 연민 따위는 다 벗어던지고 자기 몸 하나 편한 걸 제일로 치는 겁니다.

고인의 유해가 교회로 향할 때 열 내지 열두 명 이상의 이웃들이 뒤따르는 예는 극히 드문 일이 되었습니다. 어쩌다 관을 메는 사람들도 자발적이고 정직한 시민들이 아니라 하층계급에서 새롭게 형성된 일종의 무덤 파는 조직의 일꾼들이었습니다. (이들은 '불목하니' 라고 불렸는데 높은 삯을 요구하곤 했지요.) 이들은 고인이 생전에 선택한 교회가 아니라 아무

데나 가장 가까운 곳으로 서둘러 관을 실어 날랐습니다. 보통 사제 대여섯 명이 앞장을 섰는데, 그들이 들고 있는 거라곤 고작 촛불 한두 개이거나 아예 빈손일 때도 많았어요. 사제들은 길고 엄숙한 기도를 하는 수고 따위는 하지 않았고, 불목하니들의 도움을 받아 임자 없는 아무 구덩이에나 대충 관을 묻어버렸지요.

하층계급은 말할 것도 없고 중산계급의 거의 대부분은 상황이 훨씬 더 비참했습니다. 희망 때문인지 가난 때문인지는 모르지만, 그들은 피난은 꿈도 못 꾸고 또 서로 이웃에 살았기 때문에 매일 수천 명씩 감염되었지요. 간호는커녕 조그만 도움도 받지 못한 채 모두 죽어갔지요. 길거리에는 밤낮을 가리지 않고 수많은 시체가 나뒹굴었고 집 안에는 더 많은 시체가 쌓였습니다. 시체 썩는 냄새로 이웃이 죽었구나 하고 알게 되는 형편이었지요. 모두가 죽었습니다. 하나도 남김없이 깡그리 말입니다.

이런 비참한 얘기를 돌이킬수록 제 안타까운 심정은 더 깊어질 뿐이니, 이제 적절히 생략할 수 있는 것들은 얘기하지 않기로 하지요. 다만 (믿을 만한 사람에게서 들은 바로는) 어느 화요일 아침 산타 마리아 노벨라 성당에 일곱 명의 부인이 나타난 것은 우리 도시에서 시민들이 대부분 사라진 시점이었다는 것은 알려드려야겠어요. 당시 성당은 거의 그들밖에 없었습니다. 그들은 미사에 참석하고 있었는데, 당시 상황에 알맞게 상복을 차려입고 있었습니다. 한 사람은 친구, 또 한 사람은 이웃, 그리고 나머지 다섯은 친척 사이였습니다. 모두 열여덟에서 스물일곱 살 정도였습니다. 하나같이 총명하고 잘 자란 티가 났으며 용모도 수려하고 태도에도 기품이 있었으며 발랄하고 꾸밈이 없어 보였습니다.

그들의 실제 이름을 밝힐 수도 있지만, 그러지 않아야 할 충분한 이유가 있습니다. 그러니까 이제 여러분이 읽게 될 얘기들이 그들이 들은 것이거나 말한 것들인지라, 나중에 어느 때든 실명이 공개되면 그들이 당황해할지도 모르기 때문입니다. 그 당시에야 위에서 말한 이유들로 쾌락에 관련된 법이 그들 또래나 더 늙은 여자들에게 상당히 느슨하게 적용되었으나, 지금은 어느 정도 엄해져서 말입니다. 그리고 남 잘난 꼴 못 보는 수다쟁이들에게 빌미를 주고 싶지 않습니다. 훌륭하게 산 사람들도 다 씹어버리는 그들 앞에서는 이 괜찮은 부인들의 선한 이름도 추잡하고 상스러운 수다로 더럽혀질 수가 있으니까요. 하지만 그들의 이야기를 우리가 똑바로 알아들을 수 있도록 각자의 성격에 잘 맞는 이름으로 그들을 부르도록 하겠습니다. 가장 나이 많은 첫 번째 앉은 여자를 팜피네아라고 부르기로 합시다. 그리고 두 번째를 피암메타, 세 번째를 필로메나, 네 번째를 에밀리아, 다섯 번째를 라우레

프란츠 자비에 윈터할터의 「데카메론」

타, 여섯 번째를 네이필레라고 그냥 부릅시다. 그러나 마지막 숙녀는 엘리사라는 이름을 주기로 하되, 이유가 없지 않습니다. (중략)

부인들 사이에 이런 얘기들이 오가고 있을 때, 마침 청년 세 명이 성당 안으로 들어왔습니다. 그들은 당시의 재난과 친구 또는 친지를 잃은 아픔 그리고 그들 자신의 안전에 대한 염려에도 조금도 기죽지 않았으며, 그들의 사랑의 불꽃 또한 조금도 누그러지지 않았습니다. 저는 그들이 젊다고 말했지만 실은 스물다섯 아래는 하나도 없었습니다. 첫 번째 젊은이의 이름은 판필로였고, 두 번째는 필로스트라토, 마지막은 디오네오였습니다. 모두 좋은 집안 출신으로 쾌활한 성격이었지요. 그들은, 이런 혼란을 치유할 가장 달콤한 방법은 그들의 연인을 찾아나서는 일이라고 믿고 있던 차에 앞서 말한 일곱 명의 처녀들 중 세 명이 그들의 눈에 들어왔던 겁니다. 나머지 네 명은 그들과 가까운 사이였습니다.

이들 남녀는 이제 흑사병을 피해 하인들을 거느리고 교외의 별장으로 나가 편안하고 여유로운 생활을 즐기다가, 서로 재미난 이야기를 하며 시간을 보내기로 의견을 모았습니다. 날마다 돌아가면서 한 사람이 한 가지씩 하루에 열 가지의 이야기를 주고받고, 또 돌아가면서 모임을 이끌 사회자를 맡기로 했습니다. 팜필로가 맨 먼저 얘기를 늘어놓기 시작했습니다.

첫 번째 날 첫 번째 이야기

체파렐로는 거짓으로 고해성사를 하여 고명한 수도사를 속이고 죽는다. 살아서는 악질이었던 그가 성인으로 추앙되고 성 차펠레토라고 불린다.

숙녀 여러분! 사람이 하는 모든 일은 만물을 창조하신 하느님의 거룩하고 위대한 이름으로 시작하는 것이 옳겠지요. 제가 이야기를 시작하는 첫 번째 사람이므로 하느님의 놀라운 사업들 중 하나를 들려드리는 것으로 시작하고자 합니다. 그래서 우리가 이 얘길 들었을 때 우리의 희망이 하느님 안에서 불변의 것으로 남을 것이고, 그분의 이름을 영원히 칭송하게 될 것입니다.

속세의 일이란 그저 변하고 사라지는 것들이어서 시련과 골칫거리, 재난으로 둘러싸이며 끝없이 위험을 만나기 마련입니다. 그런 일들과 함께 어울려 살아가는 우리는 하느님의 각별한 은총의 힘과 지혜를 받지 못한다면, 분명 그것들에 맞서서 우리를 지켜나갈 수 없을 것입니다. 그분의 은총이 우리가 잘나서 우리에게 내려온다고 생각해서는 안 됩니다. 우리가 잘할 수 있는 것은 오직 그분의 사랑과 온유에 의한 것이며, 우리 자신처럼 죽음을 맞은 성인들의 기도로써 구해지는 것이지요. 그분들은 사는 동안 하느님이 기뻐하실 일을 흔들림 없이 행하다가 이제 영원한 축복 속에서 하느님에게 이른 것입니다. 그분들은 우리의 나약함을 경험으로 잘 알고 있기 때문에(아마 우리는 위대한 심판자 하느님께 감히 직접 청을 넣을 용기가 없기 때문에) 우린 그분들에게 부탁을 드리는 겁니다.

그래서 우리는 우리에게 관대하고 자애로우신 하느님을 더욱더 생각하게 되는 것입니다. 인간의 눈은 신성한 지성의 비밀을 꿰뚫어볼 수 없기 때문에, 평범한 생각에 속고 아마도 하느님이 영원히 추방하신 자를 그분의 존재를 대변하는 자로 잘못 알게 되기도 한답니다. 그러나 무엇이든 다 아시는 그분은 기도를 드리는 자의 무지나 죄보다는 그 순수한 동기를 더 살피셔서 마치 그 대변자도 그분의 축복 안에 있는 듯 하느님께 기도하는 자들에게 응답을 하시는 겁니다. 이런 사항은 내가 이제 들려드릴 얘기에서 분명하게 나타납니다. 내가 이렇게 자신 있게 말하는 것은 하느님의 판단에서가 아니라 인간의 판단과 관련되어 있기 때문입니다.

프랑스에서 거대한 부를 쌓아 상인으로 이름을 날리고 훌륭한 신사가 된 무쉬아토 프란체지는, 프랑스 왕의 동생인 카를로 센차테라가 교황 보니파키우스의 부름을 받고 여행길에 올랐을 때 그를 수행하여 토스카나에 가게 되었습니다. 그런데 상인들이란 흔히 그렇듯이, 무쉬아토 역시 여기저기 벌린 일들이 얽혀 있었고 빠른 시간 내에 정리하기도 수월하지 않아서 그 일들을 여러 사람에게 넘겨주기로 했어요. 그럭저럭 다 조정이 되었는데, 부르고뉴 사람들에게 빌려준 돈을 회수할 사람을 찾는 문제가 하나 남았지요. 그것이 문제가 된 까닭은 부르고뉴 사람들이 싸움질을 좋아하고 심성이 고약하며 경우가 없는 사람들이어서, 그런 자들을 능히 대적할 수 있고 또 자기가 믿을 수 있는 사람을 생각해내기가 여간 힘든 게 아니었어요. 오랫동안 고민을 거듭하다가 불현듯 파리의 집에 드나들던 체파렐로 다 프라토라는 사람이 떠올랐어요. 이자는 체구가 작고 말쑥한 옷차림을 하곤 했어요. 체파렐로라는 단어의 뜻을 몰랐던 프랑스 사람들은 '카펠로', 즉 프랑스어로 '화환'이라는 뜻을 생각하고서 차펠로라고 불렀는데,

몸집이 작았기 때문에 차펠로 대신에 차펠레토라고 부르게 되었지요. 그래서 체파렐로라고 아는 사람은 극히 드물고 모두에게 차펠레토로 통했습니다.

차펠레토는 이런 사람이었습니다. 직업은 공증인인데 자기가 지닌 법률 서류들 중 (별로 많지도 않지만) 가짜가 아니라면 명예에 손상이 간다고 생각할 법한 사람이었어요. 사실 그는 많은 돈을 벌 기회도 제쳐두고 수많은 허위 서류를 부탁받는 대로 남발했습니다. 부탁을 받건 안 받건 거짓 증언도 즐겼지요. 당시 프랑스에는 선서를 매우 중요하게 여겼고 위증을 한다는 것은 생각도 못했기 때문에, 오직 진실만을 말할 것을 선서하라고 요청받는 모든 경우에 이런 거짓을 늘어놓으며 그는 매번 이겼습니다. 그는 친구든 친지든 누구든지 간에 서로 대립하고 싸우고 피를 보는 일을 부추기며 즐거워했지요. 상황이 악화될수록 그의 기쁨은 더욱 커졌어요. 살인이나 다른 범죄에 개입하는 경우가 생기면 거절하는 법이 없었고, 심지어는 자기 손으로 직접 사람들을 죽이는 일도 있었습니다. 하느님과 성인들에게 무엄한 욕을 늘어놓기 일쑤요, 어느 누구보다도 다혈질이어서 조그만 일에도 성질을 부리곤 했습니다. 성당에는 한 번도 나간 적이 없고 성당의 의식을 깔보는 저질스러운 얘기를 늘어놓았지요. 그런 만큼 술집이나 수상한 곳들은 제집처럼 드나들었어요. 여자라면 살점 붙은 뼈다귀를 본 개처럼 침을 질질 흘리며 세상의 어떤 타락한 남자보다도 더 큰 쾌락을 쏟아 부었습니다. 게다가 마치 성자가 자선을 하듯이 거리낌 없이 도둑질도 했지요. 그뿐이 아니지요. 엄청나게 먹고 마시고, 그러다가 너절하게 앓아눕기도 했어요. 또 도박은 둘째가라면 서러워할 인물이었죠.

제가 왜 이렇게 오래 이 사람의 험담을 늘어놓을까요? 이 자는 아마 이 세상에 태어난 사람들 중에 가장 저질일 겁니다. 그럼에도 불구하고 오랫동안 무쉬아토의 힘과 영향력으로 보호를 받아왔습니다. 이자는 어김없이 업신여기는 법정이나 심심찮게 깔본 개인들에게서 수월찮이 존경을 받기까지 하는 겁니다.

차펠레토의 사는 방식을 잘 알고 있던 무쉬아토가 그를 떠올리고는 거친 부르고뉴 사람들에 적당할 것으로 판단했어요. 그래서 그를 불러다가 무쉬아토는 이렇게 말했습니다.

"차펠레토 씨, 아시다시피 내가 이곳을 좀 떠나 있게 되었소. 그런데 처리할 문제가 좀 남질 않았겠소. 부르고뉴 사람들 말이오, 그 간교한 자들이 문제요. 내가 볼 때 그들에게 빌려준 돈을 회수하기에는 당신만큼 적당한 사람이 없는 것 같소. 당신은 지금 수임한 일들이 없는 듯하니, 이 일을 맡아준다면 당신과 법정이 원만하게 지내도록 해주고 또 일정 지분의 돈도 주도록 하겠소."

차펠레토는 당장 할 일도 없는 데다 살림도 궁색한 처지인지라, 오랫동안 자신의 후원자였던 무쉬아토가 떠나려는 것을 보고 주저 없이 결정을 내리고 (정말이지 딱히 대안도 없었기 때문에) 흔쾌히 그 일을 하겠다고 대답했습니다. 두 사람은 의논 끝에, 차펠레토는 무쉬아토에게서 위임장을 받고 왕으로부터 소개장을 받아서 무쉬아토가 출발한 뒤 전혀 연고가 없는 부르고뉴로 향했습니다. 그리고 도착하자마자 자기 성격과는 정반대로 의젓하고 고상한 태도로 마치 불같은 성질은 딴 데다 두고 온 듯이, 그곳에 간 목표를 달성하고자 빚을 받아내기 시작했습니다.

그러나 얼마 지나지 않아 일이 벌어지고 말았지요. 마침 차펠레토는 대부업을 하던 피렌체 출신의 형제 집에 머물고 있었는데, 그 두 사람은 평소 무쉬아토를 존경하던 터라 차펠레토에게 큰 호의를 베풀었어요. 그런데 갑자기 차펠레토가 병에 걸렸습니다. 형제는 즉시 의사를 부르고 하인에게 간호를 하도록 하는 등 병이 낫도록 최선을 다했습니다만, 모든 것이 소용이 없게 되었습니다. 차펠레토는 나이를 꽤 먹은 데다 오랫동안 원기를 다 써버렸기 때문에, 의사 말로는 나날이 악화되어 마침내는 죽을 거라고 했습니다. 형제는 적잖이 당황하던 중, 하루는 차펠레토가 누워 있는 방 가까이서 얘기를 나누게 되었습니다.

"이 사람을 어떡하면 좋지?"

"참 난감한 일이구먼. 이자를 이 상태로 내보내면 사람들이 우리를 얼마나 비난하겠어. 우리가 비록 처음에는 호의를 베풀고 의사와 하인을 데려다 치료하느라 애썼지만 결국 죽을병에 걸리니 쫓아냈다고 떠들 게 아닌가. 이자가 우리에게 어떤 피해도 주지 않았는데 그렇게 하면 되냐고 할 거란 말이야. 그런데 말이야, 이자는 워낙 사악한 일생을 살아서 고해를 하거나 성당의 성사를 받을 생각이 전혀 없을 거란 말이야. 만일 고해도 없이 죽는다면, 어떤 성당도 시신을 받아주지 않을 것이고, 그렇게 되면 개처럼 뒹굴어 다닐 거란 말이지. 설령 고해를 한다 해도 지은 죄가 너무 중해서 결과는 마찬가질 거라고. 그를 사죄해줄 만한 신부나 수도사는 아무도 없어. 이런 상황이니 이자가 사죄를 받지 못할 건 뻔하고, 그래서 개뼈다귀처럼 굴러다닐 거야. 마을 사람들이 그걸 보면 흥분할지도 몰라. 우리 직업을 늘 못마땅하게 여겨 비난을 퍼부었으며, 또 우리 돈을 어떻게든 손에 넣으려 했으니 말이야. 이렇게들 떠들어대겠지. '성당도 받아주지 않는 이 개 같은 이탈리아 놈들아, 꺼져라!' 그리고 우리 집으로 쳐들어와서 재산을 약탈하다 못해 우리 목숨까지 팔아치울지도 몰라. 그러니 이놈이 죽으면 큰일 나게 생겼어."

형제가 하는 얘기를 차펠레토는 모조리 들었습니다. 환자들은 흔히 귀가 예민하지 않습니까. 그는 두 사람을 불러 말했어요.

"당신들 나 때문에 걱정을 하는 모양인데, 그럴 필요는 하등 없어요. 당신들한테는 털끝만큼도 해를 끼치지 않겠소. 나에 대해 하는 얘기를 들었소. 나도 당신들이 생각하는 대로 일이 벌어질 거라고 봐요. 일이 당신들 예상대로 굴러간다면 말이오. 하지만 세상일은 어찌 될지 모르는 법, 살아 있는 동안 난 하느님께 불경을 참 많이 저질렀으니, 죽어가는 마당에 또 다른 불경을 저지른들 더 나쁠 것도 없을 거요. 그러니 가장 덕망 높고 지위도 높은 수도사를 데려오슈. 그런 사람이 있다면 말이오. 나머지는 내게 맡기쇼. 당신들에게나 나에게나 아주 깔끔하게 일을 처리할 테니, 당신들이 불평할 건 아무것도 없게 될 거요."

형제는 차펠레토의 말에 별 위안을 얻지는 못했지만 그래도 한 수도사에게 가서 현명하고 덕망 있는 사람을 오게 하여, 그들 집에서 병에 걸려 죽어가는 이탈리아인의 고해를 들어달라고 부탁했어요. 그래서 오게 된 수도사는 선하고 덕망 높은 늙은 사람이었어요. 그는 성경에 정통하여 최고로 추앙받았고, 마을 사람들 모두가 그에게 지대한 존경을 바쳤지요. 어쨌든 이런 사람을 집으로 데려왔어요.

수도사는 차펠레토가 누워 있는 방에 오더니 이내 그의 머리맡에 앉아 우선 부드러운 말로 위로해주었습니다. 그리고 고해를 한 지 얼마나 되었냐고 물었습니다. 살면서 고해 따위는 한 번도 해본 적이 없는 차펠레토가 이렇게 대답했어요.

"신부님, 적어도 일주일에 한 번은 고해를 하는 것이 제 습관입니다. 더 자주 한 적도 많아요. 그러나 솔직히 말씀드리자면 병에 걸리고 나서 최근에 거의 일주일 동안 상태가 좋지 않아 고해를 할 수 없었습니다."

그러자 수도사가 말했어요.

"참 잘하셨네. 앞으로도 잘 지켜나가야 할 것이네. 그렇게 자주 고해를 한다니 내게 물어볼 것도, 들을 말도 별로 없을 것 같군."

"신부님, 그런 말씀 마세요. 뻔질나게 규칙적으로 고해를 한다지만 제가 태어난 날부터 저지른 죄를, 제가 기억하는 한 남김없이 모두 고백하는 것이 한결같은 제 소망입니다. 그래서 신부님께 부탁을 드립니다만, 고해를 한 번도 하지 않은 사람처럼 여기시고 무엇이든 찬찬히 질문해주세요. 제가 병이 났다고 봐주지 마시고요. 몸을 아끼려고 나의 구주께서 값진 피로 구원하신 나의 영혼을 지옥에 떨어뜨리느니 차라리 이 육신을 괴롭히는 것이 낫다고 생각합니다."

차펠레토의 이 말에 덕망 높은 수도사는 크게 기뻐하며 참으로 성품이 좋은 사람이라고 여겼습니다. 그런 고해의 태도를 따뜻하게 칭찬한 다음, 여자와 놀아난 죄를 저지른 적이 있는지 묻는 것으로 고해를 시작했습니다. 이 물음에 한숨을 내쉬며 차펠레토가 대답했어요.

"신부님, 허영의 죄를 짓는 것 같아 이 질문에 차마 진실을 말하기 어렵습니다."

그러자 덕망 높은 수도사가 말했습니다.

"편히 말해보게. 고해를 통해서든 뭐든 진실을 말해서 죄 짓는 사람은 없어."

이 말을 듣고 차펠레토가 말했어요.

"그렇다면 안심이네요. 말씀드리겠습니다. 전 어머니 몸에서 나온 그대로 총각입니다."

"이런! 하느님의 축복이 내리시길! 그렇게 고귀하게 살아왔다니! 원하기만 하면 우리처럼 법에 가로막힌 사람들과는 정반대로 엄청난 자유를 누릴 수 있었을 텐데, 참으로 대견한 일이로다."

다음으로 수도사는 탐식의 죄로 하느님을 욕되게 하지 않았는지 물었어요. 거기에 차펠레토는 깊은 한숨을 내쉬며 셀 수 없을 만큼 그랬다고 대답했습니다. 신앙이 독실한 사람들이 일 년에 통상 한 번 지키는 단식 기간은 물론이고 자기는 매주 적어도 사흘은 빵과 물을 끊는 데 익숙했지만, 그 밖에는 (특히 기도를 한다든가 순례 길에 나섰을 때) 모주꾼이 포도주를 들이켜듯이 물을 아주 달게 마셨다고 말했습니다. 또 여자들이 들에 놀러 나갈 때 먹는 맛있는 야채샐러드를 탐낸 경험이 있고, 때로는 자기처럼 신앙으로 단식하고 있는 사람이 그럴 거라고 생각되는 이상으로 음식 생각에 골몰한 적도 있었다고 말했습니다. 그러자 수도사가 말했어요.

"그런 죄는 괜찮고 사소한 것들일세. 그러니 필요 이상으로 그 때문에 양심에 짐을 지우지 말게나. 아무리 덕망 높은 사람이라도 오랫동안 단식하고 나면 먹을거리 생각에 끌리고 목이 마르면 마시고 싶은 생각이 간절하기 마련이니까."

차펠레토가 말했어요.

"아, 신부님! 그런 말로 절 위로하지 마세요. 아시다시피 전 하느님을 섬기며 행한 일들은 정직해야 하고 또 어떤 흠도 없어야 한다고 생각합니다. 그렇지 않으면 누구라도 죄를 짓는 것입니다."

수도사는 크게 기뻐하며 이렇게 말했지요.

"그런 생각을 하다니 참 기분이 좋네. 자네의 순수하고 선량한 양심이 날 참 흐뭇하게 하는군. 하지만 혹시 이 점은 어떨까? 자네 분수에 넘치는 것을 바란다거나, 자네가 갖지 못한 것을 가지려는 탐욕의 죄를 지은 적은 없었나?"

"신부님! 제가 대부업자 집에 신세를 지고 있다 해서 그렇게 보시면 곤란합니다. 그 사람들 일과 저는 전혀 상관이 없습니다. 오히려 그자들을 경계하고 훈계하며, 그런 식으로 뻔뻔스럽게 돈벌이를 하지 못하게 하려고 여기에 왔던 거예요. 하느님께서 절 이렇게 병에 걸리게 하지 않으셨다면 그 일을 다 했을 겁니다. 하지만 신부님께 말씀드리고 싶은 것은, 저의 아버지가 남겨주신 막대한 유산을 자선사업에 전부 다 쏟아 부었다는 점입니다. 그러고 나서 생활도 해야겠고 또 가난한 그리스도인들을 돕기 위해 자그마한 장사를 시작했지요. 많이 벌고 싶은 마음으로 열심히 했고, 언제나 번 것의 절반은 제 생활비로 쓰고, 절반은 가난한 자들에게 나눠주었습니다. 그 때문에 창조주께서는 절 크게 도와주셨고 제 사업은 날로 번창했습니다."

"참 잘했네그려. 그런데 말이야, 혹시 화를 낸 적은 가끔 없었나?"

"아, 그거요! 분명히 말씀드리지만, 그런 적이 많았어요. 하루 종일 구역질나는 일을 하는 사람, 하느님의 가르침을 무시하거나 하느님의 심판을 업신여기는 사람을 보고서 참을 사람이 있을까요? 젊은 사람들이 흥청망청하거나 거짓말하거나 주막에서 술만 들이켜거나 성당에는 가지도 않고 하느님의 세상과는 전혀 다른 길을 따르는 것을 볼 때마다, 전 하루에도 수백 번씩 죽지 못해 사는 심정이었습니다."

그러자 수도사가 대답했어요.

"그렇게 화가 나는 건 괜찮네. 나도 그런 일 갖고 자네더러 회개하라고 할 수는 없을 거야. 하지만 화가 나서 누군가를 죽이게 되었다거나 혹은 매도하거나 헐뜯거나 한 적은 없었나?"

"아니, 신부님은 하느님의 사제이면서 그런 말씀을 하십니까? 신부님이 말씀하시는 것들 중 하나라도 단 한순간 할 생각을 했더라면 제가 하느님의 관대하심을 받았노라고 어떻게 생각이라도 하겠습니까? 그런 일은 살인자나 악한이나 하는 일이에요. 그런 자들을 어쩌다 만나게 되면, 그때마다 쫓아버리고 그들의 개심을 위해 기도드렸지요!"

"하느님의 축복이 내리시길! 하지만 말해보게. 누군가를 모함하려고 위증을 하거나 비난하거나, 아니면 허락도 구하지 않고 남의 소유물을 취한 적은 없는가?"

"딱 한 번 있었어요. 누군가를 비난했던 적이 있어요. 아무 이유도 없이 자기 마누라를 늘 패는 이웃이 있었는데, 그 마누라의 친척에게 그자를 욕한 적이 한 번 있었어요. 전 그저 그 불쌍한 여자가 정말 마음에 걸렸거든요. 술만 취하면 얼마나 개 패듯 했는지 신부님은 모릅니다. 하느님만이 말해주실 수 있을걸요."

차펠레토의 말을 듣고 수도사가 대답했어요.

"아하, 그렇군. 자네는 장사를 했다고 하는데, 다른 장사치들처럼 남을 속인 적은 없는가?"

"분명 있었습니다. 그러나 제가 속인 사람이 제가 팔았던 옷감 대금을 지불하려고 돈을 갖고 왔던 것 정도만 기억이 납니다. 전 돈을 세어보지도 않고 궤에 넣어두었는데, 한 달쯤 지나서 네 푼 정도가 더 왔다는 것을 알았습니다. 그래서 그걸 돌려주려고 1년을 갖고 있었는데 다시 만나지 못하게 되어 거지에게 줘버렸습니다."

"그런 건 속인 것도 아니고, 오히려 돈을 잘 사용했구먼."

덕망 높은 수도사는 그 밖에도 여러 가지를 물었으나 차펠레토의 대답은 한결같았지요. 그래서 수도사는 이제 그만 면죄를 부여해야겠다고 생각했어요. 그런데 차펠레토가 말했어요.

"신부님! 아직 말씀드리지 않은 죄가 두어 가지 있습니다."

수도사가 그게 뭐냐고 묻자 차펠레토가 대답했습니다.

"언젠가 안식일을 제대로 지키지 않았어요. 토요일 오후에 하인들에게 집을 청소하라고 했거든요."

"아니다, 아냐! 그건 하찮은 일이야!"

"아니에요, 신부님! 하찮다고 하시면 안 됩니다. 안식일은 크게 높여야 할 날이에요. 주님께서 부활하신 날 아닙니까!"

그러자 수도사가 말했어요.

"다른 건 없나?"

"있습니다. 한 번은 별 생각 없이 하느님의 집에서 침을 뱉었어요."

차펠레토의 말에 수도사는 미소를 지으며 말했습니다.

"이보게! 그건 걱정할 일이 아냐. 우리 성직자들도 계속 침을 뱉는다네!"

차펠레토가 수도사의 말을 받았어요.

"그건 좀 심하네요. 하느님께 제물을 바치는 신성한 사원보다 더 깨끗이 해야 할 곳이 어디란 말입니까!"

잠깐 사이에 차펠레토는 이런 식으로 많은 얘기를 늘어놓았어요. 마침내 그는 한숨을 짓더니 울음을 터뜨렸어요. 하긴 그가 울려고만 하면 언제든 그렇게 할 수 있었으니까요. 덕망 높은 수도사가 이 모습을 보고 물었습니다.

"왜 그러는가?"

"신부님! 지금까지 고해하지 않은 죄가 하나 있습니다. 들춰내자니 너무나 부끄러워서요. 그 기억을 떠올릴 때마다 보시다시피 전 울고 맙니다. 하느님께서도 결코 용서하지 않으실 끔찍한 죄로 여겨집니다."

"자! 괜찮으니 말해보게! 지금까지 인간이 저지른 모든 죄와 앞으로 세상의 종말까지 저지를 모든 죄를 다 저지른 자가 지금 자네가 하는 것처럼 후회하고 회개한다면, 하느님께서는 지극히 자비롭고 관대하셔서 고해를 하면 다 용서하실 것이야. 그러니 어서 말해보게!"

차펠레토는 더 크게 울먹이며 말했습니다.

"아! 신부님! 저의 죄는 너무나 무거워요. 신부님께서 기도해주시지 않는다면 하느님께서 절 도저히 용서하지 않으실 거예요."

그 말에 수도사는 이렇게 대답했지요.

"괜찮으니 말해보게. 자네를 위해서 하느님께 기도하겠네!"

그러나 차펠레토는 계속 울면서 아무 말도 하지 않았고 수도사는 말해보라고 거듭 설득했습니다. 차펠레토는 이런 식으로 울먹이며 아주 오랫동안 수도사를 애먹이더니 깊은 한숨과 함께 입을 열었어요.

"신부님이 저를 위해 하느님께 기도해주신다고 하셨으니 말씀드리지요. 어렸을 때 엄마한테 욕한 적이 있어요."

이 말을 하고 나서 차펠레토는 더 큰 소리로 울기 시작했습니다.

수도사가 말했어요.

"이보게! 그게 그렇게 큰 죄인가? 사람들은 하루 종일 하느님을 욕하고 있네. 그러나 하느님께서는 당신을 욕한 것을 후회하는 자들을 다 용서해주시네. 그만한 일을 하느님께서 용서하지 않으시겠는가? 울지 말고 마음을 추스르게! 설령 자네가 우리 주를 십자가에 못 박은 자들 중 하나라고 해도, 자네가 절절하게 회개한다면 분명 자넬 용서하실 거야."

그러나 차펠레토가 대답했습니다.

"아, 신부님, 그게 무슨 말씀이세요? 아홉 달을 밤낮으로 몸에 품어주시고 태어난 후로는 수백 번이나 안아주신 나의 정다운 엄마를 욕하다니! 전 너무나 큰 죄라고 생각해요. 신부님이 하느님께 기도해주지 않으시면 정말 전 용서받지 못할 거예요."

덕망 높은 수도사는 차펠레토가 이젠 더 고해할 것이 없다고 생각하고는 면죄를 선고하고 축복을 내렸습니다. 차펠레토의 말을 곧이곧대로 들었기 때문에 그가 성인의 대열에 낄 만한 사람이라고 생각했던 거지요. 죽어가는 사람이 이런 식으로 말을 하는데 어느 누군들 믿지 않겠어요? 이 모든 일이 끝나자 수도사가 말했습니다.

"차펠레토 씨! 하느님의 은혜로 이제 병이 다 나을 거요. 하지만 만일 하느님께서 자네의 축복받은 영혼을 부르시게 되면 자네 몸을 우리 수도원에 묻어도 괜찮겠소?"

"그럼요, 신부님! 신부님이 하느님께 절 위해 기도해주신다고 하셨는데 제가 다른 곳을 바랄 수는 없지요. 전 평소에도 신부님 교단을 추종했습니다. 그래서 말인데요, 신부님,

수도원으로 돌아가시거든 원컨대 매일 아침마다 신부님이 제단에 바치시는 그리스도의 성체를 저에게 보내주세요. 제가 그럴 자격은 없지만 신부님만 허락하신다면 성체를 받고, 그런 다음 성스러운 도유식을 받고 싶습니다. 그러면 죄인으로 살았지만 적어도 그리스도인으로 생을 마칠 수 있겠지요."

덕망 높은 수도사는, 정말 기뻤고 정말 좋은 얘기를 들었다며 돌아가는 즉시 성체를 보내주겠다고 말했어요. 실제로도 그렇게 했지요.

한편 형제는 차펠레토에게 속지나 않을까 염려되어 그가 누워 있는 방과는 판자 하나로 분리된 옆방에서 귀를 세우고 있었어요. 그래서 차펠레토가 수도사에게 하는 말을 모두 들을 수 있었지요. 그가 고해하는 내용을 들으며 형제는 너무 재미있어서 웃음이 터져 나오려는 걸 참은 적이 한두 번이 아니었습니다. 형제는 서로 얘길 주고받았지요.

"뭐 이런 인간이 다 있냐! 늙은 나이도 병도 이제 닥쳐올 죽음도, 그리고 하느님도 두려워하지 않잖아! 이제 하느님의 심판 앞에서 자기가 저지른 온갖 악행이 다 드러날 텐데, 생전에 살던 대로 죽고 싶은 모양이지?"

그러면서도 마음 한구석에는 성당에 묻힐 수 있도록 조치를 취하는 걸 보고 잘되겠지 하고 생각했어요.

차펠레토는 성체를 받고 나서 금방 병이 악화되어 도유식도 받았지요. 그리고 그 훌륭한 고해를 한 바로 그날 저녁기도 시간이 지나자마자 죽었습니다. 형제는 필요한 절차를 수행했습니다. 그가 성대한 장례를 하도록 남긴 돈으로 준비를 하고 그의 죽음을 수도사들에게 알리고 나서 그날 밤에 철야 기도를 해주고, 다음 날 아침에 시신을 인수해달라고 했습니다.

차펠레토가 세상을 떠났다는 얘길 들은 덕망 높은 수도사는, 수도원장과 의논하여 수도원의 종을 울려 수도사들을 한데 모았습니다. 덕망 높은 수도사는 차펠레토의 고해로 미루어보건대 그는 한 사람의 성자였다고 전했지요. 하느님께서 그를 통하여 기적을 행하실 것이니 그의 유해를 최고의 경의와 사랑을 갖추어 인수해야 한다고 설득했습니다. 사람을 쉽게 믿는 수도원장과 수도사들은 여기에 동의했습니다. 그리고 그날 저녁 이들은 차펠레토의 시신이 누워 있는 곳으로 가서 성대하고 엄숙한 철야 기도를 올렸습니다. 아침에 성의를 걸치고 손에 성서를 들고 맨 앞에 십자가를 앞세워 찬송을 부르며 시신을 인수하러 왔다가, 다시 화려한 의식과 함께 성당으로 돌아갔습니다. 남자 여자 할 것 없이 마을 사람들 대부분이 그 뒤를 따랐지요. 이렇게 해서 시신이 성당에 안치되자, 차펠레토의 고해를 들었던 덕망 높은 수도사는 단상에 올라가 차펠레토가 살았을 적에 행했던 놀라운 일들에 대해 설교를 했습니다. 단식을 한 거며 순결성과 순박함, 높은 덕, 그리고 특히 가장 큰 죄라고 울면서 고해했던 것을 들려주었고, 하느님께서 그를 용서하신다는 것을 간신히 그에게 확신시킬 수 있었다고 늘어놓았습니다. 그러고 나서 청중을 향해 이렇게 말했습니다.

"그런데 여러분처럼 죄진 자들은 발에 지푸라기 하나만 채여도 하느님과 성모 마리아, 그리고 모든 성인을 욕한단 말입니다."

그러고도 모자라 덕망 높은 수도사는 차펠레토의 성품과 순수함에 대해 잡다하게 묘사했습니다. 그래서 마을 사람들은 삽시간에 그의 말을 믿게 되었습니다. 마침내 수도사는 차펠레토를 거기 모인 사람들의 머리와 가슴에 확고하게 심어놓았지요. 미사가 끝나자 저마다 나서서 시신의 손발에 입을 맞추느라 대혼잡이 일어났습니다. 시신에게 입힌 옷은 다 찢겨나가고, 한 조각이라도 움켜쥔 사람들은 마치 천국에 들어서기라도 한 것 같은 기분들이었을 겁니다. 그의 시신은 모든 사람이 와서 볼 수 있도록 그곳에 하루 종일 안치되어야 했습니다. 그날 밤 그의 시신은 대리석 관에 영예롭게 안장되었습니다. 그 다음 날부터 사람들은 촛불을 들고 모여들어 그를 위해 기도하기 시작했습니다. 그리고 봉헌을 하고 초로 만든 성상들로 제단을 꾸미느라 난리를 피웠지요.

차펠레토의 성스러움에 대한 소문은 놀랄 만큼 빨리 퍼져나갔고, 어려운 시기에 그의 보살핌을 기원하지 않는 사람이 없었습니다. 그래서 사람들은 그를 성 차펠레토라 불렀고, 지금도 그렇게 부르고 있지요. 게다가 그를 통해서 하느님께서 기적을 행하셨고, 또 이 특별한 성인에게 헌신하는 사람들에게는 하느님께서 계속해서 축복을 내리신다는 믿음이 생겨났습니다.

체파렐로 다 프라토가 살고 죽고 성인이 된 것은 이런 식이었습니다. 하느님께서 그자에게 축복을 내리시고 용서하셨다는 것을 부정하고 싶지는 않아요. 비록 극악무도하고 죄로 가득 찬 일생을 보냈지만, 최후에 가서 경건하게 참회를 하여 하느님께서 긍휼하게 여기시고 천국을 허락하신 것이지요. 하지만 이건 우리가 알 수 없는 일이니, 그저 겉으로 드러난 일만 가지고 말해야겠지요. 난 그 친구가 천국보다는 지옥에서 악마의 손에 들어가 있을 것 같아요. 만일 그렇다면 하느님의 사랑과 관용이 얼마나 위대한지 우리는 알아야겠지요. 하느님께서는 우리의 잘못이 아니라 우리 신앙의 순수함을 보고 계시며, 우리가 그분의 적을 우리의 매개자로 내세울 때도 우리의 기도를 들어주시기 때문입니다. 그분의 은혜를 중개하는 어느 성스러운 사람에게 우리가 기도를 올리는 것으로 봐주시는 것입니다. 그러니 이런 즐거운 자리를 함께 하는 우리는 하느님의 은총으로 이 현재의 재앙을 안전하게 헤쳐 나갈 수 있으며, 우리가 하느님의 이름으로 우리의 얘기를 시작하며 그분께 기도를 올리고 그분을 경배하며, 우리가 필요한 때 우리가 듣게 될 확실한 지식에 따라 우리를 그분께 맡기는 것입니다.

여기서 모두들 침묵에 잠겼다.[14]

두 번째 날 열 번째 이야기

파가니노 다 모나코는 리차르도 디 킨치카의 아내를 빼앗는다. 리차르도는 아내가 있는 곳을 알아내어 파가니노와 친구가 된 다음 그에게 아내를 돌려달라고 부탁한다. 파가니노는 그녀의 동의를 얻으면 그렇게 하겠노라고 한다. 그런데 아내는 리차르도에게 돌아가길 거부하고, 그가 죽고 나서 파가니노의 아내가 된다.

이 좋은 자리에 모인 사람들 모두가 여왕이 아주 좋은 얘길 들려준 것에 칭찬을 아끼지 않았다. 특히 이날 마지막으로 얘기하게 된 디오네오는 더 좋아했다. 이런저런 찬사의 말을 늘어놓은 다음 디오네오는 다음과 같은 얘기를 들려주었다.

숙녀 여러분! 여왕의 얘기를 듣고 보니 제가 생각하고 있던 얘기 대신에 다른 얘길 해야겠다는 생각이 드네요. 베르나보도 우둔했지만, 그의 말을 철석같이 믿은 다른 사람들도 마찬가지로 우둔했어요. 그들 자신은 세상 여기저기를 돌아다니면서 이 여자 저 여자를 만나 즐기는데, 집에 두고 온 아내들은 그저 무료하게 지내는 줄 알고 있으니 말입니다. 게다가 여자들에게서 태어나고 여자들 사이에서 자라나고 지금도 여자들과 지내고 있는 우리 남자들은, 여자들이 우리보다 한 수 위인 줄 잘 모르고 있어요. 이제 제 얘기를 들려드리면서 베르나보 같은 사람들의 어리석음을 보여주려고 합니다. 그뿐 아니라 자신의 타고난 힘을 과대평가하면서 놀라운 상상력을 발휘하여 스스로 불가능한 것조차 모두 할 수 있다고 믿으려 하는 자들, 또 남을 자기에 맞게 고치려 드는 자들의 더 큰 어리석음도 보여드리지요.

옛날 피사에 리차르도 디 킨치카라는 판사가 살았습니다. 육체의 힘보다 재능이 뛰어났던 그는, 아마도 아내를 자기가 연구에 쏟아 부었던 재능으로 만족시킬 수 있으리라 생각했어요. 그는 대단한 재력가였던지라 젊고 아름다운 아내를 찾는 데 굉장한 노력을 기울였습니다. 그가 다른 사람에게 하듯 자기 자신에게 조언을 할 수 있었다면, 신붓감의 조건에서 젊음과 아름다움은 제외시켰을 겁니다. 드디어 그는 자신이 바라던 일을 이루고야 말았습니다. 로토 괄란디가 자기 딸 바르톨로메아를 주었던 것입니다. 바르톨로메아는 피사에서 제일가는 대단한 미인이었는데, 피사 여자들 대부분이 못생기고 행실이 바르지 못하다고 알려진 터였습니다. 판사는 그녀를 집으로 데려와 잔치를 크게 벌였습니다. 결혼식은 정말 성대하게 치러졌지요. 결혼식이 끝나고 판사는 첫날밤 단 한 차례 그녀를 품기는 했는데, 그만 일이 끝나기도 전에 녹초가 되고 말았어요. 다음 날 아침 뼈와 가죽만 남은 판사는 성욕을 촉진하는 백포도주와 강장제 그리고 원기 회복에 필요한 갖가지 약제를 들이켜야만 했습니다.

자기 정력에 대해 더욱 확실하게 알게 된 판사는, 옛날에 라벤나에서 사용했던 것과 비슷한 어린이용 달력을[15] 아내에게 가르치기 시작했어요. 달력에는 단 하루도 성인들의 축일이 아닌 날이 없다는 점을 분명히 보여주면서 말입니다. 축일들을 지키기 위해서는 남녀가 잠자리를 같이해서는 안 된다는 교묘한 주장을 하려는 의도였지요. 더욱이 사계절 초입에 사계대재일이 있고, 사도들과 수많은 성인의 기일 전야제가 있으며, 금요일과 토요일에다 주일이 있고, 40일에 이르는 사순절 전체 기간 등 의무적으로 쉬어야 하는 안식일들을 덧붙이고 달이 차고 기울고 여러 특별한 경우를 일일이 열거했습니다. 그러니 때로는 재판 업무에서 휴가를 얻는 것과 똑같이 여자와 잠자리를 함께하는 일도 쉬어야 한다는 인상을 주려 했던 것입니다. 오랫동안 (잘해야 고작 한 달에 한 번 기회를 갖는 그의 아내가 분하게 생각할 정도로) 그는 이런 체제를 지키는 한편, 자기가 아내에게 휴일에 대해 가르쳤던 것처럼 일하는 날에 대해 누군가 가르쳐주지 않을까 감시를 늦추지 않았습니다.

무더위가 계속되던 어느 여름날, 리차르도는 몬테네로 근처에 있던 멋진 별장에 가서 휴식을 하자는 생각을 하게 되었죠. 아름다운 아내를 데리고 말입니다. 그곳에 머무르는 동안 아내를 좀 즐겁게 해주려고 낚시를 하기로 했습니다. 배 두 척을 빌려 자기와 어부들이 한 배에 타고, 아내와 여자들은 다른 배에 태워서 구경하도록 했습니다. 그런데 판사가 낚시에 열중하느라 미처 깨닫지 못하는 사이에 두 배는 바다 멀리까지 나가게 되었지요.

그들이 낚시에 정신을 파는 동안, 당시 유명한 해적인 파가니노 다 마레가 지휘하는 작은 갤리선 하나가 나타나더니 배 두 척을 향해 접근해왔습니다. 판사 일행은 배를 돌려 도망가려 했으나 이미 파가니노가 여자들을 태운 배를 붙잡은 뒤였지요. 거기에 탄 아름다운 여자를 보자 파가니노는 다른 것들은 안중에도 없고 그 여자만 갤리선에 태워 이미 해안에 닿아 있던 리차르도의 눈앞에서 재빨리 사라져 버렸습니다.

말할 것도 없이 이 판사 양반은 이런 광경에 극도로 분노가 치밀었습니다. 아내가 내쉬는 공기에도 질투를 느끼는 정도였으니까요. 이제 그가 할 수 있는 일은 피사와 다른 도시들을 배회하며 해적들의 만행에 푸념을 늘어놓는 것이었습니다. 그는 자기 아내를 납치한 자가 누구인지, 어디로 데려갔는지 도무지 알 수가 없었습니다.

한편 파가니노는 미녀를 보고 재수가 좋다고 생각했어요. 데리고 사는 여자가 없었으므로 그녀를 곁에 두어야겠다고 마음을 먹었습니다. 그래서 비통하게 울기만 하는 그녀를 달래려고 부드럽게 위로를 했어요. 이윽고 밤이 되었습니다. 말만으로 하루를 다 보냈다는 생각을 하게 된 그는, 행동으로 그녀를 위로하기로 했습니다. 그는 달력에 이런저런 신경을 쓰는 사람도 아니고 축일 따위는 잊어버린 지 오래였습니다. 그가 제공한 위로는 효과가 컸습니다. 그들이 모나코에 채 닿기도 전에 판사나 판사가 내린 규범은 여자의 기억에서 깡그리 사라져 버렸고, 파가니노와의 생활은 마냥 즐겁기만 했지요. 파가니노는 모나코에 데려간 뒤에도 밤낮을 가리지 않고 그녀를 위로해주었고, 더 보태어 아내인 양 존경으로 그녀를 대했습니다.

그러는 동안 리차르도는 아내의 소식을 듣게 되었어요. 그는 열정에 넘쳐 그녀를 감옥에서 꺼내주기로 마음먹었습니다. 자기만큼 필요한 꾀를 짜내 일을 해결할 사람은 없다고 여겼던 거죠. 그는 얼마를 요구하든 몸값을 치를 준비를 하고서 모나코로 항해를 했습니다. 그래서 마침내 아내의 모습을 보게 되었고, 그녀도 남편을 보았습니다. 그날 밤 그녀는 파가니노에게 이 얘기를 하고 남편의 의도를 알려주었습니다.

다음 날 아침에 리차르도는 파가니노를 찾아가 얘기를 나눴지요. 두 사람은 금방 친한 사이가 되었습니다. 파가니노는 상대방의 정체를 모른 척하면서 그가 어떻게 나올지 기다리고 있었습니다. 기회를 엿보던 리차르도는 자기가 온 목적을 최대한 간결하고 정중하게 말하고 나서 아내를 돌려달라고 부탁했습니다. 요구하는 대로 배상을 하겠다는 말도 잊지 않았지요.

파가니노는 친절하게 웃으며 대답했습니다.

"모나코에 잘 오셨소. 간단하게 대답하기로 하지요. 우리 집에 젊은 여자가 있기는 한데 그녀가 선생 부인인지 다른 남자 부인인지는 모릅니다. 난 선생을 모르고, 또 그녀에 대해 아는 것은 그저 나와 함께 산 지 얼마 되지 않는다는 것뿐입니다. 하지만 선생이 정직해 보이니 원하신다면 그 사람에게 안내해드리지요. 선생이 주장하듯 진짜 남편이라면 그 사람은 당연히 당신을 알아보고 인정하겠지요. 그래서 선생 말씀에 따라 그 사람이 선생과 함께 가겠다고 한다면, 선생은 참

호감이 가는 분이니 나는 선생이 책정하신 몸값을 기꺼이 받도록 하겠습니다. 그러나 선생 얘기가 사실이 아니라면, 선생은 남의 여자를 가로채는 정직하지 못한 사람으로 알겠습니다. 난 젊은 남자이고, 누구 못지않게 한 여자를 지킬 만한 처지입니다. 더구나 이번 건은 더 그런 것이, 그녀는 내가 만난 여자 중에 최고예요."

리차르도가 말했어요.

"물론 그 사람은 내 아내요. 그 사람을 만나게 해주면 금방 알게 될 거요. 당장 내 목에 매달릴 테니까. 더 바라지 않겠으니 당신이 말한 대로만 해주시오."

"그렇다면 해봅시다."

둘은 파가니노의 집으로 가서 응접실에서 여자를 불렀어요. 다른 방에서 잘 차려입은 그녀가 나타나 두 남자가 있는 곳으로 걸어왔습니다. 그런데 마치 리차르도를 파가니노의 집에 온 생판 모르는 손님처럼 대하는 것이었습니다. 이를 보자 판사는 너무나 놀랐습니다. 흥분에 들떠 자기를 맞아줄 것으로 기대했는데 그게 아니었어요. 그래서 판사는 이렇게 생각했어요.

'아마 아내를 잃고 몹시 우울하고 고통스러워한 나머지 내 모습이 너무나 변해 날 알아보지 못하는 거겠지.'

그래서 판사는 아내에게 말했어요.

"여보, 당신을 낚시에 데리고 나간 내가 큰 대가를 치렀소. 당신을 잃은 그날부터 내가 얼마나 상심했는지 아무도 모를 거요. 그런데 당신이 그렇게 냉담하다니, 아마 날 알아보지 못하는가 보구려. 당신의 리차르도라는 걸 모르겠소? 이 양반이 요구하는 대로 몸값을 다 주려고 만반의 준비를 하고 당신을 이 집에서 꺼내 데려가려고 모나코까지 왔단 말이오! 이 양반이 친절하게도 내가 당신 몸값을 지불하는 즉시 당신을 내게 넘겨주겠다고 말했소. 알아듣겠소?"

그러자 부인은 리차르도를 향해 몸을 돌리고 입술에 미소를 살짝 지어 보이며 말했어요.

"저에게 말씀하시는 건가요? 아마 사람을 잘못 보셨나 봐요. 제 기억에는 도통 선생님을 뵌 적이 없어요."

"아니 무슨 소리요? 날 잘 봐요! 기억을 잘 더듬어보면 당신 남편, 이 리차르도 디 킨치카를 알아볼 거요."

"이렇게 말씀드리는 절 용서하세요. 선생님을 빤히 들여다보는 건, 선생님 생각도 그러시겠지만 바람직하지 않아 보이네요. 어쨌든 이미 충분히 봤는데도 처음 뵙는 분이로군요."

판사는 파가니노가 무서워서 자기 아내가 그런다고 생각했습니다. 파가니노 앞이라 자기를 알아본다고 선뜻 인정하지 못하는 거라고 생각한 거지요. 그래서 파가니노에게 그녀의 방에서 단둘이 얘기하게 해달라고 부탁했습니다. 파가니노는, 리차르도가 그녀에게 키스를 하려 든다거나 그런 행동은 하지 않는 조건으로 승낙했어요. 그리고 그녀에게 리차르도와 함께 가서 할 말이 뭔지 들어보고 좋을 대로 대답하라고 말했습니다. 그래서 부인과 리차르도는 그녀 방으로 가서 문을 닫고 앉았습니다.

리차르도가 입을 열었어요.

"아, 사랑하는 당신! 나의 보물, 나의 희망! 이제 당신을 생명보다 더 사랑하는 이 리차르도를 기억하겠소? 어떻게 그럴 수가 있소? 내가 그렇게 변했단 말이오? 아! 나의 사랑! 조금만 더 자세히 나를 봐주시오!"

부인은 계속 웃고 있다가 그의 말을 중간에 끊어버렸습니다.

"당신이 내 남편이란 것을 알 정도의 충분한 기억력은 갖고 있어요. 그건 당신도 잘 알 거예요. 하지만 당신은 나랑 살 때는 날 안다는 표시를 거의 하지 않았잖아요? 그때나 지금이나 당신이 그렇게 현명하시다면 나같이 싱싱하고 정력이 왕성한 젊은 여자라면, 비록 수줍어 말은 못하지만 음식이나 옷 말고도 다른 것이 필요하다는 것쯤은 아셔야 하는 거 아녜요? 그런데 당신이 얼마나 내게 인색하게 굴었는지 아시죠? 당신이 아내보다 법 공부에 더 관심이 많았다면 결혼은 하지 말았어야 했어요. 더욱이 당신은 내게 판사도 아니었어요. 당신은 단식이나 철야 기도는 말할 것도 없지만 온갖 축일의 전문가이자 공보관이라는 생각을 했어요. 분명히 말씀드리지만, 당신이 나의 작은 밭을 가꾸는 사람에게 그랬듯이, 당신 소유지의 일꾼에게 그 많은 휴일을 주었다면 당연히 곡식이라곤 한 톨도 건질 수 없었을 거예요. 하지만 자애로우신 하느님께서 저의 젊음을 불쌍히 여기셔서 이 방을 함께 쓰는 남자를 만나게 해주셨어요. 이곳에서는 당신이 그토록 신앙으로 지키곤 했던, 여자들에게 봉사하기보다는 당신 일에 경건하게 헌신한 그 거룩한 날(휴일)들에 대해서는 들어본 적이 없어요. 저 문은 토요일이고 금요일이고, 철야 기도, 사계재일, 사순절 따위를 철저하게 막고 있어요. 그뿐만 아니라 이곳은 밤낮으로 쉬지 않고 꿀벌처럼 일하는 괜찮은 곳이랍니다. 오늘 아침에도 아침기도 종소리가 그치기도 전에 그 양반은 뭐 그런 걸 했어요. 우리가 얼마나 바쁜지 말로 다 할 수 없어요. 그러니 난 그이와 함께 있겠어요. 아직 젊을 때 일을 해야지요. 그 단식이니 거룩한 날들이니 하는 것들은 아껴두었다가 늙거든 써먹기로 하지요. 그럼 당신은 되도록 빨리 사라지시는 게 좋겠어요. 내가 아니라 당신이 원하는 거룩한 날들이나 챙기세요."

아내의 말을 듣는 동안 내내 리차르도는 괴로워했습니다. 그녀의 말이 끝나길 기다려 그가 입을 열었어요.

"아, 나의 사랑! 당신이 어찌 그렇게 말할 수 있소? 당신 부모나 당신의 명예는 이제 안중에도 없다는 말이오? 나의 아내로서 피사에 살기보다 이 남자의 매춘부로 죽을죄를 지으며 이곳에서 살고 싶다는 말을 하는 거요? 이자는 당신에게 싫증이 나면 당신을 쓰레기처럼 걷어차 버릴 거요. 하지만 난 언제나 당신을 소중히 여길 거요. 당신은 무슨 일이 있어도 내 집의 여주인이란 말이오. 당신 명예를 저버리고 자기 생명보다 더 당신을 사랑하는 사람도 버릴 작정이오? 단지 당신의 이 방정맞고 꼴사나운 욕구 때문에? 아, 나의 보물! 그런 말은 더 이상 하지 말고 나와 함께 갑시다. 이제 뭘 원하는지 알았으니, 내 앞으로 특별히 노력하겠소. 마음을 돌려요, 제발! 나와 함께 돌아갑시다. 내 인생은 당신이 없어진 날부터 정말이지 비참하기 짝이 없었소."

부인이 대답했어요.

"제 명예를 말한다면, 이제 와서 새삼 누구에게 지키고 말고 할 것도 없어요. 난 그저 부모님께서 날 당신에게 시집보냈을 때 그 점을 생각하셨기를 바랄 뿐이에요. 하지만 부모님은 내 명예 따위는 전혀 관심이 없었기 때문에, 이제 나도 그분들의 명예를 걱정할 마음이 없는 겁니다. 내가 죽을죄를 짓고 있다고 하셨나요? 그건 방아 찧는 죄가 되겠군요. 그건 내가 바라는 겁니다. 그러니 그런 유치한 얘길랑 그만두세요.

다만 이런 말씀을 드리지요. 전 여기서 파가니노의 아내라는 기분이 들지만, 피사에서는 매춘부 같은 기분이었어요. 달의 운행과 기하학적 산술 같은 얘기들로 우리가 결합하게 되었다는 둥 어쩌고 하지만, 이곳에서는 파가니노가 하루도 빠지지 않고 밤새도록 나를 품에 꼭 안고서 애무하고 깨물고 한답니다. 하느님께 맹세하건대 그이는 날 혼자 버려두지 않아요. 당신이 노력하겠다고 하시지만 어떻게요? 삼세번 내기를 해요? 아니면 막대기로 낚시나 하겠다는 건가요? 물론 당신을 떠난 후에 당신이 훌륭한 사람이었다는 건 알았어요. 그만 할게요! 노력은 잘 사시는 데나 쓰세요. 쇠약한 몰골을 하고서 그리 오래 버틸 것 같지 않으니 하는 말이에요. 아! 한 말씀 더 할게요. 만일 파가니노가 날 버린다고 해도 (내가 원하기만 하면 그런 생각은 할 것 같진 않지만) 난 당신에게 돌아가지 않을 거예요. 당신을 머리부터 발끝까지 쥐어짜낸다 해도 별 볼 일 있겠어요? 당신과 함께한 생활은 나로서는 잃은 것도 얻은 것도 없었어요. 그러니 혹시 그런 기회가 생긴다 해도 나는 나대로 다른 곳에서 운명을 시험하겠어요. 다시 한 번 말씀드리지만 난 여기 있겠어요. 거룩한 날도 없고 철야 기도도 없는 여기요! 빨리 사라지지 않으면 도와달라고 소릴 지르고 날 겁탈하려 했다고 이를 거예요."

상황이 이쯤에 이르자 리차르도 씨는 자신이 무능할 때 젊은 아내를 맞아들인 것이 얼마나 어리석었는지 깨닫게 되었습니다. 그리고 방을 걸어 나갔습니다. 슬프고 어지러웠지요. 파가니노와도 오랜 얘기를 나누었지만 아무 소용이 없었습니다. 마침내 하는 수 없이 아내를 남겨두고 피사로 돌아왔습니다.

슬픔이 사무쳐 마침내 골병이 든 판사는, 거리에서 만나는 사람들이 물어보면 한 가지 대답만 하는 것이었어요.

"사악한 구멍은 쉴 줄을 몰라!"

그 얼마 후 판사는 죽고 말았습니다. 이 소식을 들은 파가니노는 부인이 자기를 깊이 사랑한다는 것을 알고 정식으로 혼인했습니다. 거룩한 날이니 철야 기도니 사순절 따위는 거들떠보지도 않고 힘이 닿는 대로 즐기고 또 즐겼어요. 그러니 여러분, 베르나보 그 양반이 암브로쥬올로와 내기를 해서 실패할 수밖에 없었던 것 아닙니까.

세 번째 날 첫 번째 이야기

마세토 디 람포레키오는 벙어리 행세를 하며 한 수녀원의 정원사가 된다. 수녀들은 앞서거니 뒤서거니 하며 서로 그와 잠자리를 하려고 한다.

우리가 사는 시골에 옛날부터 신성하기로 널리 이름난 수녀원이 있었습니다. 그 명성을 조금이라도 해칠까 두려워 이름은 말하지 않겠습니다. 오래전 일은 아니고 이 수녀원에 여덟 명의 젊은 수녀와 한 명의 수녀원장이 살던 시절, 수녀원의 아주 멋진 정원을 돌보는 왜소한 몸집의 정원사가 있었습니다. 그런데 하루는 정원사가 급료에 불만을 품고는 수녀원 집사와 담판을 짓더니 람포레키오의 자기 고향으로 돌아가

버렸습니다.

정원사가 돌아가자 마을 사람들이 따뜻하게 맞아주었어요. 그들 중에 마세토라는 이름의 젊고 몸집이 크고 사내다운 농부가 있었습니다. 농사나 짓기에는 얼굴도 뛰어나게 잘생긴 데다 체격 또한 잘빠진 사내였습니다. 누토라는 이름의 그 정원사는 오랫동안 마을을 떠나 있었기에, 마세토는 그에게 대체 어디에 가 있었느냐고 물었습니다. 누토가 수녀원에서 살았다는 것을 알고는 무슨 일을 했는지 캐물었습니다. 누토는 차근차근 대답해주었지요.

"수녀원의 훌륭한 정원을 관리했다네. 또 가끔 땔감을 마련하기도 하고 물을 긷거나 그런 잡다한 일들도 좀 했어. 하지만 급료가 하도 박해서 신발 한 짝 사 신을 수가 없었다니까. 게다가 수녀들이 죄다 어리고 몸에 악마를 기르는 거 같지 뭔가. 뭘 하든 도무지 기뻐하질 않는 거야. 정원에서 일을 하고 있으면 하나가 와서 이 일을 해달라 하고, 다른 수녀는 또 다른 일을 하라고 하고, 또 다른 수녀는 아예 괭이를 내 손에서 뺏어 들고는 나더러 괭이질도 못한다고 하는 거야. 그런 일이 한두 번도 아니고 자꾸 반복되니까 귀찮아서 일을 놓고 그냥 밖으로 나돌고 그랬지. 거기다 이런저런 일들이 겹쳐서, 거기는 있을 만큼 있었다는 생각도 들고 해서 그냥 와버렸다네. 그런데 말이야, 내가 떠날 때 집사가 혹시 내 일을 계속 맡아줄 사람은 없는가 하고 묻더군. 그래서 금방 알아서 보내주겠다고 했는데, 적당한 사람을 아직 못 구했다네. 참 나! 하느님이 소처럼 힘세고 참을성 있는 자를 보내주신다면 모를까 어디서 그런 사람을 찾을 수 있겠나!"

누토의 말을 들으면서 마세토는 그 수녀들과 함께 지내고 싶은 마음에 온몸이 흥분으로 들쑤시는 느낌이 들었습니다. 얘기를 듣자 하니 자기가 생각했던 바를 분명 이룰 수 있겠다는 확신이 들었던 거지요. 그러나 자기 의도를 누토에게 밝히면 안 된다고 속으로 되뇌며 입으로는 이렇게 말했어요.

"그런 데서 나와 버리길 잘했네! 남자가 그 많은 여자에 둘러싸여서 어떻게 살겠냔 말이야! 차라리 마귀 떼하고 사는 게 낫겠네그려. 여자란 일곱 번 중 여섯 번은 자기가 뭘 생각하는지도 모르거든."

그러나 얘기를 끝내기도 전에 마세토는 벌써 어떻게 하면 수녀원에 가서 수녀들과 함께 살 수 있을까 궁리하기 시작했어요. 누토가 말한 일쯤이야 자기도 완벽하게 할 수 있다는 걸 알았기 때문에 특별히 그 일을 이어받지 못하리라는 생각은 하지 않았습니다. 다만 자기가 젊고 유별나게 잘생겨서 퇴짜를 맞지 않을까 걱정이 됐습니다. 그래서 이리저리 머리를 쥐어짜다가 마침내 한 가지 묘안을 생각해냈습니다.

'수녀원은 멀리 떨어져 있으니, 아무도 날 모를 거야. 벙어

리 행세를 하면 받아주겠지.'

이런 추론을 굳게 믿고서 그는 누더기를 걸치고 도끼를 한 자루 메고 어디 간다는 얘기는 아무에게도 하지 않고 수녀원으로 향했습니다. 그곳에 도착해서 그는 마당으로 들어가 두리번거리다가 우연히 집사를 만났습니다. 벙어리 흉내를 내면서 그는 먹을 것을 주면 장작을 원하는 만큼 마련해주겠다고 손짓 발짓을 해보였지요.

집사는 마세토에게 기꺼이 먹을 것을 준 다음, 왜소한 누토가 패지 못한 두꺼운 통나무 있는 데로 그를 데려갔습니다. 마세토는 힘이 굉장히 셌기 때문에 그 많은 일을 삽시간에 해치워 버렸지요. 그러자 집사는 숲으로 데려가서 벌목을 시켰습니다. 그러고 나서 마세토에게 노새를 주면서 손짓으로 수녀원으로 나무를 나르라고 일렀습니다.

마세토는 시키는 대로 일을 아주 잘했기 때문에 집사는 그곳에서 필요한 일들을 며칠 더 시켜보았습니다. 하루는 수녀원장이 우연히 마세토를 보게 되었습니다. 집사에게 누구냐고 물었지요.

"이 사람은 불쌍한 벙어리에 귀머거립니다. 얼마 전에 와서 구걸을 하기에 잘 먹인 다음 밀린 일들을 이것저것 시켜보았지요. 이 사람이 정원도 잘 돌보고 하니 이곳에 있고 싶어 한다면 일이 아주 제대로 된 겁니다. 우린 정원사가 필요하고, 이자는 뭐든 시키는 대로 할 만큼 다부진 사람이니까요. 게다가 원장님의 젊은 수녀들을 희롱할 염려는 안 하셔도 되겠습니다."

원장 수녀가 대답했어요.

"그 말이 맞아요. 저 사람이 할 줄 아는 게 뭔지 알아보시고 붙잡아두도록 하세요. 신발 한 켤레와 헌 두건을 주시고, 좋은 말로 꼬이고 칭찬도 좀 해주시고 먹을 걸 많이 주도록 하세요."

집사는 그러겠다고 대답했습니다. 마세토는 근방에서 마당을 쓰는 척하면서 두 사람의 얘기를 남김없이 엿들었습니다. 그는 빙그레 웃으며 속으로 생각했습니다.

'날 당신네들 정원에 들이기만 해준다면 깜짝 놀랄 정도로 잘해 줘야지.'

집사는 그가 부지런한 일꾼이라고 생각하고서 손짓으로 이곳에 살며 일을 하라고 말했습니다. 마세토는 집사가 시키는 일이면 뭐든 하겠다는 표시를 했습니다. 그래서 집사는 그를 채용하기로 하고 정원을 맡겼습니다. 해야 할 일들을 보여주고 나서 집사는 수녀원의 다른 일들을 처리하기 위해 그를 남겨두고 떠났습니다. 날이 지나면서 마세토가 줄곧 일만 하자 수녀들은 그를 따라다니며 점점 놀리기 시작했습니다. 벙어리에게 사람들이 흔히 하는 행동이지요. 수녀들은 그가 들을 수 없다고 생각하고는 어디서 나왔는지도 모를 아주 천한 말들을 지껄여댔습니다. 더욱이 수녀원장은 혀가 없으면 꼬리도 없는 줄 알았는지, 이런 일들에 별로 신경을 쓰지 않았습니다.

그러던 어느 날 마세토가 힘든 일을 마치고 쉬고 있는데, 정원을 산책하던 아주 젊은 수녀 두 명이 접근해왔습니다. 잠을 자는 척하고 있는 그를 가만히 들여다보다가 둘 중 대담한 쪽이 말했습니다.

"네가 비밀을 지켜준다면 내가 평소에 생각하던 것을 말해줄게. 서로 좋은 일이 될걸!"

그러자 다른 쪽이 대답했어요.

"말해봐! 아무한테도 말하지 않을 테니!"

그래서 대담한 쪽이 더 분명한 어조로 말을 시작했어요.

"넌 그런 생각 해봤는지 모르겠지만, 사는 게 얼마나 따분하니! 여기 발을 들여놓는 남자라곤 고작 늙은 집사하고 이 벙어리 정원사가 유일하니 말이야. 그런데 우리 수녀원에 오는 부인들 얘길 들으니까 세상에서 남자랑 노는 것보다 더 즐거운 게 없다고 하더라고. 그래서 죽 생각한 건데 아무 남자나 붙들 수는 없으니까 이 벙어리 도움을 받아서 그 여자들 얘기가 사실인지 한 번 알아보고 싶어. 그런 일이라면 이 남자가 안성맞춤이야. 속에 든 얘기 다 꺼내놓고 싶어도 말을 할 수 없으니 말이야. 설명할 재간도 없는 것 같아. 좀 덜떨어졌지만 젊으니까 힘은 좋아 보이지 않니? 네 생각을 말해봐. 듣고 싶어!"

"어쩜 그렇게! 하느님께 우리 순결을 맹세한 걸 잊었어?"

"풋! 지키지도 않는 약속을 우린 내내 하고 있는 거야! 지키지 못한다면 무슨 의미가 있겠어? 하느님은 당신을 위해서 순결을 맹세한 다른 여자들을 얼마든지 찾으실 거야."

"하지만 임신이라도 하면 어떡하지? 그러면 어떻게 되는 건데?"

"넌 일이 생기기도 전에 걱정부터 하는구나. 그런 문제는 닥치면 다 해결이 나게 마련이라고. 우리가 서로 입을 다물기만 하면 비밀을 지킬 방법들이 분명 있을 거야."

그러자 남자가 어떤 종류의 인간인지 알고 싶은 마음이 대담한 쪽보다 훨씬 더 들게 된 수녀가 말했습니다.

"그렇다면 좋아! 그럼 어떻게 하지?"

대담한 쪽이 대답했어요.

"지금 3시가 지나고 있으니 다른 수녀들은 다 자고 있을 거야. 우선 정원에 누가 있는지 확인해보자고. 그러고 나서 아무도 없으면 우리가 할 일은 그 남자 손을 잡고 그가 비를 피하는 저쪽 헛간으로 데리고 가는 거야. 그리고 우리 둘 중 하나가 그와 함께 안으로 들어가고 다른 사람은 망을 보는 거지. 그 사람은 바보니까 우리가 하자는 대로 할 거야."

마세토는 수녀 둘이 하는 얘기를 다 들었습니다. 그는 당연히 하자는 대로 할 생각이었기 때문에 둘 중 하나가 와서 자기를 끌고 가기를 목이 빠지게 기다렸습니다. 두 수녀는 주위에 아무도 없다는 것을 확인하고는 먼저 나서서 떠들어댄 수녀가 마세토에게 다가가 잠을 깨웠습니다. 그는 금방 일어났지요. 수녀가 유혹하는 몸짓으로 그의 손을 잡아끌자 그는 천치 같은 웃음을 지으며 순박하게 응했고, 수녀는 헛간으로 그를 데리고 들어갔습니다. 거기서 마세토는 별 힘을 따로 쓸 필요도 없이 수녀의 분부대로 했습니다. 수녀는 원하던 것을 이루자 동료에게 충실하게 자리를 넘겼고, 마세토는 계속 바보 흉내를 내면서 해달라는 대로 다 해주었지요. 헛간을 떠나기 전에 두 수녀는 각자 이 벙어리의 올라타기 재주를 반복하고 또 반복하게 했습니다. 그러고 나서 서로 속속들이 얘기를 나눠보니 생각했던 대로 너무나도 즐거운 경험이라는 것으로 의견 일치를 보았습니다. 정말 재미난 일이라고 말입니다. 그때부터 기회 날 때마다 그들은 벙어리 친구의 품에 안겨 즐거운 시간을 보냈지요.

그런데 하루는 다른 수녀 하나가 자기 방에서 창밖을 내다보다가 그 일을 목격하고서 다른 두 수녀에게도 보여주었습니다. 그들끼리 얘기를 나눈 결과 처음에는 수녀원장에게 둘을 고자질하기로 결정했습니다. 그러나 금방 생각을 바꾸고 두 수녀의 동의를 얻어 그들도 역시 기꺼이 마세토의 소유물이 되었습니다. 그런데 그들의 경솔함 때문에 이들 다섯 수녀는 남은 세 명의 수녀도 하나하나 동참시키게 되었지요.

이 일을 까맣게 모르고 있던 수녀원장은 어느 더운 여름날 정원을 혼자서 어슬렁거리고 있었습니다. 그리고 편도나무 그늘에서 늘어지게 낮잠을 자는 마세토를 발견했지요. 그는 밤에 너무 일을 많이 하느라 낮에 일할 힘이 거의 남아 있지 않은 탓이었습니다. 그때 바람이 휙 불어와서 마세토의 옷을 날리자 그의 그것이 완전히 드러나 버렸습니다. 수녀원장은 혼자서 그걸 보고서 그 광경에 눈을 돌리지 못하고 우두커니 서서 젊은 수녀들이 빠져든 똑같은 열망에 사로잡히고 말았습니다. 그래서 마세토를 흔들어 깨워 자기 방으로 데리고 가서 여러 날을 놔주지 않았습니다. 수녀들은 그 재주 많은 사내가 정원 일을 중단했다는 사실에 불만을 요란하게 쏟아냈지요. 정원사를 제자리로 돌려보내기 전에 수녀원장은 자신이 언제나 완강하게 거부해 마지않았던 그 기쁨을 실컷 반복해서 맛보았고, 그때부터 자기에게 할당된 정당한 몫보다 훨씬 더 자주 정기적으로 방문할 것을 마세토에게 요구했습니다.

결국 그들의 요구를 다 들어줄 수 없었던 마세토는 더 이상 벙어리 행세를 하다가는 몸을 망치고 말겠다는 생각이 들었습니다. 그래서 어느 날 밤, 수녀원장과 함께 있을 때 혀짤배기소리를 하며 입을 열었습니다.

"원장님! 제가 언제나 그렇게 알고 있었거든요. 암탉 열 마리에 수탉 한 마리면 충분하지만, 열 남자가 한 여자 만족시키기는 힘들다고요. 근대 전 지금 아홉 사람이거든요. 뭐라고 하셔도 이제 더 못하겠어요. 사실 말이죠, 너무 무리를 해서 이젠 지푸라기 하나 들 힘도 없다니까요. 그러니 절 내보내주시든가, 아니면 뭔가 다른 조치를 취해주셔야겠습니다."

수녀원장은 이 말을 듣고 깜짝 놀랐어요. 마세토가 벙어리인 줄로만 알고 있었으니까요.

"아니, 이게 뭐야! 넌 벙어리인 줄 알았는데?"

"맞습니다. 그랬죠! 하지만 태어날 때부터는 아니었어요. 병을 앓고 난 뒤 말을 못하게 됐지요. 이제 하느님의 은총으로 바로 오늘 밤 나아버렸네요."

수녀원장은 마세토의 말을 믿었습니다. 그리고 아홉 명에게 봉사했다는 말이 무슨 뜻인지 물었습니다. 자초지종을 들은 그녀는 수녀들 하나하나가 자기보다 더 머리가 좋다는 생각이 들었습니다. 그래서 마세토를 내보내서 수녀원에 혹시 나쁜 소문이 돌게 하기보다는 수녀들과 함께 해결책을 찾아보기로 했습니다.

마침 공교롭게도 늙은 집사가 그 며칠 전에 죽었습니다. 그래서 수녀원장과 수녀들은 자신들이 해왔던 일을 서로가 알게 된 터라, 마세토의 동의를 얻어서 그가 오랫동안 벙어리였지만 수녀들과 수녀원의 수호성인들의 덕성으로 이제 말하는 능력이 회복되었고 그래서 새로운 집사로 임명했다고, 주위 사람들에게 꾸며대기로 만장일치로 결정을 보았습니다. 그들은 마세토가 공정하게 그들 모두를 대할 수 있도록 그들끼리 마세토의 다양한 기능들을 나눠 가졌습니다. 그리고 마세토가 수많은 어린 수녀와 수도사들의 아버지가 되었지만, 수녀원장이 죽고 난 뒤에도 전혀 새어나가지 않도록 모든 것이 비밀리에 진행되었습니다. 이제 마세토는 나이도 먹었고 자기 집으로 돌아가고 싶은 마음이 들었습니다. 그의 바람이 알려지자 즉시 받아들여졌습니다.

어느덧 자식들을 키우는 수고와 교육시키는 비용을 다 부담한 점잖게 나이가 든 아버지가 된 마세토는, 젊음을 유용하게 보낼 선견지명을 지닌 채 어깨에 도끼 한 자루를 메고 떠났던 그곳으로 돌아갔습니다. 그런 둘도 없는 행복한 인생은 전적으로 예수 그리스도 덕분이었다고 그는 늘 주장했다고 합니다.

여섯 번째 날 일곱 번째 이야기

필립파 부인은 정부와 함께 있다가 남편에게 들켜 법정에 서게 된다. 그러나 재치와 순발력 있는 대답으로 방면되고 법령까지 수정하게 만든다.

옛날 프라토에는 가혹하다기보다는 분명 비난받아 마땅한 법령이 있었습니다. 그 법령이란 간통하다가 남편에게 적발된 여자는 정부와 함께였든 돈 때문이었든 간에 단 한 번의 예외도 없이 산 채로 태워 죽여야 한다는 것이었습니다.

이런 법령이 힘을 발휘할 때의 얘깁니다만, 필립파라는 아름답고 천성적으로 극히 정열적인 귀족 부인이 어느 날 밤 자기 침실에서 라차리노 데 과찰리오트리라는 그곳의 잘생긴 젊은 귀족의 품에 안겨 있는 것을, 남편 리날도 데 풀리에지가 발견했던 겁니다. 여자는 그를 아주 깊이 사랑했고 남자도 여자를 그만큼 사랑했다고 합니다. 현장을 목도한 남편 리날도는 눈이 뒤집힌 나머지 당장에 두 사람을 잡아 쳐 죽이고 싶은 마음을 억누를 길이 없었습니다. 남편은 나중에 자기에게 미칠 결과를 두려워했기에 망정이지, 그렇지 않았다면 분노가 치솟는 대로 그들을 죽이고 말았을 것입니다.

리날도는 그 자리에서는 정신을 차리고 간신히 참아냈지만, 아내를 죽이고 싶다는 생각은 머리에서 사라지지 않았어요. 자기 손으로 그녀를 죽이는 것은 위법일 테니까 도시의 법령에 호소하기로 결심했습니다. 아내의 죄를 입증할 만한 충분한 증거도 갖고 있던 터라, 날이 밝자 더 이상 지체할 것도 없이 고소해버렸어요.

하지만 진정으로 사랑에 빠진 여자는 두려울 것이 없는 법! 리날도의 아내도 예외가 아니었지요. 많은 친구와 친지들의 만류에도 불구하고 그녀는 결연한 태도로 소환에 응하여 진실을 주장하고, 비겁하게 도망치느니 용감하게 죽기로 결심했습니다. 법의 심판을 피하여 도망가 살면서 그 자신이 전날 밤 서로 안고 사랑을 속삭인 남자처럼 연인으로서 떳떳한 행동을 보이겠노라 결심한 것입니다. 그래서 결백을 입증하라고 격려하는 수많은 남녀 군중에 둘러싸여 그녀는 시장 앞으로 나갔습니다. 그리고 시장을 당당하게 쏘아보며 또렷한 목소리로 자기에게 뭘 요구하는지 물었습니다.

필립파를 지긋이 바라보던 시장은, 그녀가 무척 아름다우며 때 묻지 않고 잘 자란 여자라는 것을 알았어요. 그리고 그녀의 말에서 꿋꿋한 정신을 발견하고 감동한 나머지 동정하는 마음이 솟구쳤습니다. 혹시나 그녀가 자백함으로써 권위를 지켜야 하는 자기 입장을 어렵게 만들어 사형을 언도하는 쪽으로 몰고 가지나 않을까 걱정이 들기도 했지요. 그럼에도 그렇게 해야만 했던 그녀의 사정을 심문하지 않을 수 없어서 시장은 이렇게 말했어요.

"부인! 보시다시피, 여기 있는 당신의 남편 리날도가 당신이 간통하는 현장을 잡았다고 주장하며 당신을 고소했소. 당신 남편은 내가 당신에게 벌을 주어야 한다고 요구합니다. 우리 법령에 따라 사형에 처하라는 거요. 하지만 당신이 자백하지 않는 이상 난 그렇게 할 수 없어요. 그러니 잘 생각해서 대답해주시오. 당신 남편의 고소 내용이 사실입니까?"

부인은 조금도 당황하지 않고 낭랑한 목소리로 대답했습니다.

"시장님! 리날도는 제 남편이고, 어젯밤에 라차리노의 품에 안겨 있는 절 발견한 것도 사실입니다. 제가 라차리노를 진정으로 깊이 사랑하기 때문에 그랬습니다. 전에도 수없이 우리는 사랑을 나누었습니다. 부정하지 않겠습니다. 하지만 시장님께서도 아실 줄 믿습니다만, 무릇 남자와 여자는 법 앞에서 평등해야 합니다. 법은 법을 적용받는 사람들의 동의하에 만들어져야 합니다. 그런데 이런 기본적인 조건은 지금 우리의 경우에 충족되지 않고 있습니다. 제가 적용받는 이 법은 불쌍한 여자들, 남자들보다 훨씬 더 그들의 몸을 자유롭게 허락할 줄 아는 여자들에게만 적용되기 때문입니다. 더욱이 이 법이 만들어졌을 때 우리 여자들은 동의하지도 않았을 뿐 아니라 의견조차도 내놓을 수 없었습니다. 따라서 아주 나쁜 법으로 규정해야 마땅합니다. 그러나 저의 몸과 시장님의 영혼에 해를 끼치는 이 법을 시장님께서 굳이 시행하려 하신다면 그렇게 하세요. 다만 어떤 판결을 내리시기 전에 제 작은 부탁을 들어주시기 바랍니다. 남편이 원할 때면 그게 언제이건 제 몸 전부를 양도하기를 한 번이라도 거부한 적이 있었는지 제 남편에게 물어봐주세요."

시장의 심문을 기다릴 것도 없이 리날도는 추호의 의심도 없이 자기가 육체적인 쾌락을 요구할 때마다 아내는 다 들어주었다고 즉시 대답했습니다.

부인은 다시 말을 이었어요.

"그렇다면 시장님! 남편이 필요했던 만큼 또 선택했던 만큼 날 가졌는데, 그래도 숫구치는 난 어쩌라는 겁니까? 개한테나 던져줄까요? 자기 목숨보다 더 절실히 나를 사랑하는 신사에게 선물하는 것이 썩히거나 허비하는 것보다 훨씬 더 낫지 않은가요?"

부인에게 적용된 고소의 성격은, 그녀가 사회적으로 유명 인물이라는 사실과 함께 법정에 몰려든 프라토 시민들이 이미 알고 있는 것이었습니다. 그들은 그녀가 스스로를 변호하며 행한 멋진 연설을 듣고 박장대소하면서, 똑같이 한 목소리로 그녀가 옳고 정말 지당한 얘기라고 외쳤습니다. 그래서 사람들은 법정을 떠나기 전에 시장의 제안에 부응하여 그런 가혹한 법령을 수정하고, 차후에는 돈 때문에 남편을 배신한 여자들에 한해서만 그 법을 적용하기로 했습니다.

일이 이상하게 돌아가자, 창피를 당한 리날도는 굴욕감에 참담한 심정으로 그곳을 떠났습니다. 그의 아내는 이제 자유롭고 당당한 여자로, 말하자면 화형에서 부활하여 개선하는 모습으로 집으로 돌아갔답니다.

일곱 번째 날 여섯 번째 이야기

일곱 번째 날 피암메타가 다섯 번째로 이야기를 끝내자, 그날의 왕은 팜피네아에게 이야기를 이어나가게 한다. 부족함이 없고 마냥 행복한 여자 팜피네아가 하는 이야기 주제는 남편을 골려먹는 내용인데, 아주 그럴싸하고 구김 없는 여주인공의 행동이 재미를 더한다. 다음은 이야기의 전문이다.

놀랍게도 피암메타의 이야기는 모두 좋아했습니다. 저마다 그 여자의 행동을 잘했다 하고 짐승 같은 남자가 임자 만난 거라고 이구동성으로 한마디씩 했습니다. 이야기가 끝난 후 왕은 팜피네아에게 이야기를 계속 이어나가라고 재촉했습니다. 팜피네아가 얘기를 시작했습니다.

그저 하는 말들이겠지만, 사랑은 총명한 사람을 끌어들여서 무분별하게 만든다고 많은 사람이 말들을 하지요. 내가 보기엔 바보 같은 생각입니다. 앞서 나온 이야기들이 내 말을 증명해주었고, 나도 내 생각이 옳다는 것을 보여주려고 합니다.

우리 고장은 무척 풍요로웠죠. 그곳에 젊고 상냥하고 빼어나게 아름다운 한 여자가 살았어요. 그 여자는 용감하고 훌륭한 기사의 부인이었지요. 그런데 이 남자는 항상 한 가지 음식에 만족하지 못하고 자꾸 바꾸기를 바라는 일이 빈번하게 일어났어요. 그래서 여자는 이 남자를 적당치 않다고 생각하고 레오네토라는 젊은 청년과 사랑에 빠졌어요. 그 청년은 명문대가 출신은 아니었지만 아주 호감이 가고 예의 바른[16] 사람이었는데, 그도 역시 그 여자와 비슷한 이유로 사랑에 빠졌어요. 그래서 오랫동안 제대로 이루어지지 않은 그들의 사랑을 충분히 누리기 위해, 두 사람은 각자 원하는 바를 마음껏 할 수 있었다는 것은 여러분이 짐작하시는 바와 같습니다.

그런데 아름답고 우아한[17] 그 여자에게 람베르투치오 경이라는 기사가 폭 빠져버렸어요. 하지만 그 여자의 눈에는 그 기사가 불쾌하고 지긋지긋하고 세속적으로 보여 그와 사랑을 나눌 마음이 전혀 들지 않았지요. 그러나 그 기사는 이를 인정하지 않고 그 여자에게 자꾸 사람을 보내 채근하면서, 또 권력가인 관계로 자기를 기쁘게 하지 않으면 모욕을 주겠다고 위협을 가해왔어요. 그 때문에 여자는 일의 성격을 알아차리고 두려워한 나머지 그의 바람에 따르게 되었지요.

이사벨라라는 이름의 그 여자는 우리가 여름에 흔히 그러듯이 근교에 있는 자기 소유의 근사한 별장에서 머무르고 있었는데, 어느 날 아침 남편이 어느 곳을 며칠 다녀오기 위해 말을 타고 떠나게 되었어요. 그래서 그녀는 레오네토에게 집으로 오라고 전갈을 보냈지요. 그는 아주 기뻐하며 곧바로 달려왔어요. 그런데 람베르투치오 경도 역시 여자의 남편이 여행을 떠났다는 얘길 듣고는 말에 훌쩍 올라 그녀의 집으로 가서 문을 두드렸어요. 여자의 하녀가 그를 보고서 방에 레오네토와 함께 있는 이사벨라에게 부리나케 달려가서 고했어요.

"마님, 람베르투치오 경이 저 밑에 와 계십니다."

하녀의 말을 듣고 여자는 겁에 질려 덜덜 떨면서 고민에 빠졌어요. 몹시 두려워하면서 그녀는 레오네토에게 람베르투치오 경이 갈 때까지만 침대 커튼 뒤에 숨어 있는 것이 어떠냐고 부탁했어요. 레오네토는 그 여자보다 더했으면 더했지 결코 덜하지 않은 두려움으로 거기에 숨었지요. 여자는 가서 하녀에게 람베르투치오 경에게 문을 열어주라고 명령했어요. 하녀가 문을 열어주자, 정원에 있던 기사는 무장한 말에서 내려 말을 돌쩌귀에 매어두고 위로 올라왔어요. 여자는 화사한 얼굴을 하고 계단 끝에까지 나와 있다가 더할 나위 없이 기쁜 표정으로 그를 맞아들이며 어떻게 된 일이냐고 물었어요. 기사는 그녀를 껴안고 키스하면서 말했어요.

"나의 사랑, 난 그대의 남편이 없다는 것을 알고 그대와 함께하러 왔다오."

말을 마치고 방에 들어가 문을 안으로 걸어 잠그고 그녀를 사랑하기 시작했지요.

그렇게 기사와 함께 있는데, 그녀의 생각과는 달리 남편이 일찍 돌아오게 되었어요. 성채 주변에 있던 하녀가 주인을 보고 곧바로 여자 방으로 달려가서 말했어요.

"마님, 주인님이 돌아오십니다. 벌써 저 아래 뜰에 와 계신 듯하옵니다."

하녀의 말을 듣고 여자는 두 남자를 집에 두고 있다는 걸 떠올리고는(그녀는 기사가 뜰에 있는 말 때문에 몸을 감출 수 없다는 것을 알고 있었지요.) 이젠 죽었구나 하고 생각했어요. 그러나 그녀는 조금도 망설이지 않고 침대에서 바닥으로 내려와 결심을 하고 기사에게 말했어요.

"당신이 내게 선함을 베푸셔서 내가 죽기를 바라지 않거든 내 말대로 해주시오. 당신 칼을 빼어들고서 얼굴을 찡그리고 씩씩거리면서 계단으로 내려가되 이렇게 말하는 겁니다. '어디 두고 보자. 맹세코 어디서든 그놈을 잡고 말 테다.' 내 남편이 제지하려든다거나 혹은 아무것도 묻지 않는다 하더라도, 내가 말했던 것만 말하세요. 그리고 말에 올라타고는 어떤 이유로든 그와 시간을 끌지 마세요."

기사는 그러겠다고 말했어요. 그는 칼을 빼어들고서, 남편이 빨리 돌아온 것 때문에 생긴 분노와 일을 치른 피곤함에 벌게진 얼굴을 하고 여자가 시키는 대로 했어요. 벌써 뜰에서 말을 내린 남편은 무장한 말에 놀라 급히 위로 올라가려다가, 불그죽죽한 얼굴로 내려오는 람베르투치오 경을 보고 놀라서 물었어요.

"무슨 일이오?"

기사는 말안장에 오르면서 이 말밖에 하지 않았어요.

"썩어 뒈질 것, 어디 두고 보자. 맹세코 어디서든 그놈을 잡고 말 테다."

그러고는 휑하니 가버렸어요.

위로 올라온 그 신사 양반은 계단 끝에 서서 두려움에 떨고 있는 아내를 발견했어요.

"무슨 일이야? 람베르투치오 경이 그렇게 화가 나서 협박을 해대니 말이야."

여자는 레오네토가 들으라고 방 쪽으로 몸을 돌리고 대답했어요.

"여보, 난 이렇게 무서운 적이 없었어요. 이 안으로 어떤 청년이 도망쳐왔는데, 난 모르는 사람이에요. 그 뒤로 그 기사 분이 손에 칼을 들고 쫓아오고 있었어요. 다행히도 그 청년은 이 방이 열린 것을 발견하고 부들부들 떨면서 저더러 그러는 거예요. '부인, 하느님을 봐서 날 좀 도와주세요. 당신 팔 안에서 죽지 않도록 말입니다.' 나는 몸을 벌떡 일으켰어요. 그리고 누구냐, 무슨 일이냐고 물어보려는데, 그 기사 분이 위로 올라오면서 말하는 거예요. '너 어디 있어, 이 배반자!' 나는 방문 앞에서 지키고 있다가 들어오려는 그를 제지했지요. 그는 아주 정중한 분이셔서, 자기가 들어오는 것이 내게 누가 된다는 것을 알았는지 당신이 보았듯이 밑으로 내려가 버렸어요."

여자의 얘기를 듣고 나서 남편이 말했어요.

"여보, 잘했소. 이 안에서 사람이 살해당한다면 그건 너무나도 커다란 비난거리가 될 거요. 람베르투치오 경은 이 안으로 쫓겨 온 사람을 쫓아올 정도로 무례한 일을 저지른 거요."

그러더니 그 젊은이가 어디 있냐고 물었어요.

"여보, 그가 어디에 숨었는지 난 몰라요."

그러자 남편 기사가 크게 외쳤어요.

"어디에 있느냐? 냉큼 나오너라."

모든 얘기를 듣고 있던 레오네토는 당연히 그렇다는 듯이 잔뜩 겁에 질린 표정으로 숨어 있던 곳에서 나왔지요.

남편 기사가 말했어요.

"람베르투치오 경과 무슨 일이 있는 거야?"

청년이 대답했어요.

"어르신, 결단코 아무 일도 없습니다. 그 사람이 올바른 생각을 못하거나, 아니면 어떤 다른 사람과 저를 혼동했다고 저는 확신합니다. 이 저택에서 멀지 않은 길에서 저를 보고서는 손에 칼을 쥐고 다짜고짜로 내게 이렇게 말했습니다. '배반자, 넌 죽었다!' 저는 뭣 때문에 그러는지 묻지도 못하고 도망칠 수밖에 없었습니다. 그래서 이곳으로 오게 되었고, 하느님과 이 친절하신 부인의 가호로 위험을 모면했습니다."

그러자 남편 기사가 이렇게 말했어요.

"자, 가거라. 두려워하지 말고. 내가 자네를 안전하고 무사하게 집까지 바래다주겠다. 그리고 나중에 그 기사와 관계된 자를 알아보도록 해."

그러고는 마치 저녁 식사라도 함께한 듯이 그를 말에 태우고 피렌체까지 가서 그의 집에 내려놓았어요. 청년은 그 여자의 가르침에 따라 바로 그날 저녁 람베르투치오 경과 은밀히 만나 이야기를 나누고 그와의 관계를 정리했지요. 그 후 무수히 많은 말이 있었지만, 기사 남편은 부인에게서 당한 조롱을 전혀 알아차리지 못했어요.

아홉 번째 날 두 번째 이야기

어느 수녀원장이 수녀들 중 하나가 연인과 동침한다는 보고를 듣고 한밤중에 잠자리에서 벌떡 일어난다. 그런데 그때 수도사와 함께 있던 수녀원장은 머리에 수도사의 속곳을 두건인 줄 잘못 알고 머리에 쓰고 나타난다. 수녀는 자기를 나무라는 수녀원장에게 이 점을 지적하며 무사히 벗어나고, 다음부터는 안심하고 연인과 함께 지내게 된다.

여러분! 프란체스카 부인은 정말 교묘하게 곤경에서 벗어났군요. 하지만 이제 젊은 수녀 얘기를 들려드릴 텐데, 이 수녀는 운도 좋았지만 맞닥뜨린 위험에서 벗어나는 위기관리 능력이 뛰어났던 사람입니다. 아시다시피 수많은 사람이 자기랑 비슷한 처지의 이웃을 가르치거나 험담하는데, 이런 행동은 참으로 어리석은 짓입니다. 제 얘기로 아시겠지만 그러나 때로는 운명이 그런 사람들을 제대로 가르칩니다. 제가 이제 들려드릴 수녀의 상관인 수녀원장이 바로 그런 사람이지요.

롬바르디아에는 한때 신성함과 종교적 열정으로 꽤 유명한 수도원이 있었습니다. 그곳에는 수많은 수녀가 생활하고 있었는데, 그들 중 이자베타라는 귀족 출신의 뛰어난 미모를 지닌 젊은 수녀가 있었지요. 어느 날 친척이 면회 왔을 때 그를 따라온 잘생긴 젊은 남자를 보고 이자베타는 사랑에 빠져 버렸어요. 청년도 무척 아름다운 그녀를 유심히 바라보다가 눈길을 통해 그녀의 감정을 간파하고는 그녀와 너무나도 정열적인 사랑을 나누게 되었지요.

얼마 동안 두 사람은 사랑의 결실을 보지 못해 무척 괴로워하고 있었어요. 그렇게 서로 똑같이 그리워하다가 마침내 청년은 수녀와 몰래 만날 수 있는 방법을 생각해냈습니다. 수녀도 간절히 원했지요. 그래서 청년은 한 번이 아니라 계속해서 수녀를 찾아가 강렬한 즐거움에 잠기곤 했습니다. 그러던 어느 날 밤 두 사람은 자신들도 모르는 사이에 다른 수녀에게 들키고 말았습니다. 수녀의 방에서 나와 돌아가던 청년을 본 것이었죠. 그 수녀는 동료들에게 수다를 떨었고, 다들 곧바로 수녀원장에게 몰려가 일러바치자고 의견을 모았습니다. 수녀원장의 이름은 마돈나 우심발다였는데, 그 성덕과 자애가 그녀를 아는 사람들과 모든 수녀들 가운데서도 월등했습니다. 그래서 수녀들은 다시 생각한 끝에 그들이 일러바친 내용을 확실하게 증명하기 위해서 수녀원장이 직접 청년을 현행범으로 잡을 수 있도록 하자고 의견을 모았습니다. 그리하여 그들은 대죄를 지은 이자베타 수녀를 잡기 위해 주야로 밀착 감시했습니다.

아무것도 모르는 이자베타는 어느 날 밤 별 생각 없이 애인을 방으로 끌어들였습니다. 청년이 방에 들어서는 것이 감시하던 수녀들의 눈에 띄었습니다. 밤이 깊었기 때문에 지금이 적기라고 생각한 수녀들은 두 패로 나뉘어, 한 패는 이자베타의 방문을 감시하고 다른 한 패는 원장의 방으로 급히 달려갔습니다. 원장의 방으로 달려간 수녀들은 문을 쾅쾅 두드리며 원장을 불렀습니다.

"원장님! 일어나세요! 빨리요, 빨리! 이자베타가 젊은 남자를 방에 끌어들였어요!"

그런데 마침 수녀원장도 한 수도사와 함께 지내고 있었습니다. 종종 그를 바구니에 담아 자기 방으로 반입하곤 했지요. 이 소동을 듣고 수녀원장은 수녀들이 서두르다가 혹은 너무 흥분한 나머지 자기 방 문을 벌컥 열어젖히지나 않을까 조바심을 하면서, 침대에서 튕기듯 일어나 깜깜한 가운데 부리나케 옷을 입느라고 입었습니다. 그런데 수녀들이 머리에 쓰는 삼각 두건을 집는다는 것이 그만 수도사의 속곳을 잡고 말았지요. 원장은 눈썹이 휘날리도록 서두르는 바람에 그런 줄도 모르고 두건 대신에 속곳을 머리에 얹고서 기운차게 나타났습니다. 등 뒤로 문을 살짝 잠그면서 말입니다. 그러고는 냅다 소리를 질렀지요.

"그 못된 것이 어디 있느냐?"

수녀원장은 수녀들과 함께 이자베타 방으로 향했습니다. 현장을 잡느라 몹시 흥분한 수녀들은 수녀원장이 머리에 쓴 것을 쳐다볼 새도 없었습니다. 원장이 방문 앞에 이르자 수녀들은 일시에 문을 향해 문 경첩이 떨어져 나갈 만큼 함께 몸을 던졌어요. 그렇게 우르르 방으로 들이닥쳐 침대 위에 서로를 꼭 끌어안고 있는 두 남녀를 발견했습니다. 두 사람은 갑작스러운 침입에 놀라 어쩔 줄 모르고 그 자리에서 얼어붙은 듯했습니다.

젊은 수녀는 즉각 다른 수녀들에게 잡혀서 수녀원장의 명령에 따라 집회소로 끌려갔어요. 한편 그곳에 혼자 남은 청년은 옷을 입으면서 무슨 일이 생기나 보고 있었습니다. 자기 여자에게 해가 닥치면 어떻게든 그녀를 데리고 함께 수도원을 빠져나가리라 생각하고 있었지요.

수녀들이 모두 모인 가운데 수녀원장이 집회소의 자기 자리에 앉자, 죄인만 바라보고 있던 수녀들은 어떤 여자도 받아보지 못한 가장 심한 욕설을 퍼붓기 시작했어요. 이자베타의 음란하고 파렴치한 행동이 혹시 밖으로 새나가기라도 한다면, 이 신성하고 명예로운 수도원의 명성에 먹칠을 하게 될 거라고 떠들어댔어요. 차마 입에 담기 힘든 험담을 하고 벌을 주어야 한다며 위협을 가했습니다.

자신의 잘못을 알고 있는 젊은 수녀는 할 말이 없었지요. 멍하니 서서 아무 말도 하지 못한 채 덜덜 떨고만 있었어요. 그 모습이 아마 다른 수녀들의 동정을 사게 된 것 같았습니다. 하지만 수녀원장이 계속 짖어대는 통에 젊은 수녀는 자기도 모르게 고개를 들어 원장을 바라보았어요. 그리고 두 쪽으로 끈이 대롱대롱 매달린 속곳이 수녀원장의 머리에 얹혀 있는 걸 보게 되었지요. 수녀원장에게 무슨 일이 있었는지 확신한 수녀는 용기를 내어 입을 열었습니다.

"하느님의 은총으로, 원장님, 그 두건 끈이나 매시고 하실 말씀을 하시지요!"

원장은 무슨 영문인지도 모르고 대답했어요.

"두건이 어쨌단 말이냐? 뻔뻔스럽게 농간을 부리려 드는 거냐? 이런 망측한 일을 저질러놓고서 재미라도 난다는 거냐?"

젊은 수녀는 두 번째로 말했어요.

"다시 한 번 부탁드립니다. 원장님! 두건 끈을 매시고, 그러고 나서 원하시는 대로 저에게 설교를 해주십시오."

그제야 몇몇 수녀가 수녀원장을 올려다보았고, 수녀원장도 손으로 자기 머리를 만져보았어요. 이자베타가 무슨 말을 하는지 마침내 모두가 알게 되었습니다. 수녀원장은 자기도 똑같은 죄를 범했다는 사실을, 뚫어져라 자기를 바라보는 수녀들에게 도저히 숨길 방법이 없음을 알아차렸어요. 그래서 수녀원장은 설교하던 투를 완전히 다른 말투로 바꿔, 육체의 자극에서 자신을 지키는 것은 불가능하다고 힘주어 주장했습니다. 그리고 몰래 하기만 한다면 과거에 그랬듯이 언제든 지금처럼 각자가 즐길 수 있다고 말했어요.

이자베타는 이제 자유로워졌습니다. 그녀와 수녀원장은 각각 애인과 수도사가 기다리는 자기 침대로 돌아갔어요. 젊은 수녀는 애인이 없는 동료 수녀들에게 방해받지 않을 정도로 적당한 간격을 두어 애인을 찾아오도록 했고, 다른 수녀들도 최선을 다해 비밀스럽게 스스로를 위안했다고 합니다.

열 번째 날 열 번째 이야기

살루초 후작은 부하들의 성화에 못 이겨 아내를 맞아들이기로 하고는, 혼자 생각한 바가 있어 농부의 딸과 결혼한다. 아내와의 사이에 두 아이를 낳지만, 아이들을 죽였다고 아내에게 말을 흘린다. 그리고 속옷 차림의 아내를 문밖으로 쫓아버린다. 나중에 그는 다른 여자와 재혼하는 척하면서 아내를 불러 결혼식 준비를 시키는 한편, 친척에게 맡겨놓은 딸을 자기 신부로 가장하여 집으로 돌아오게 한다. 그러나 아내가 이런 모든 고난을 참고 견디는 것을 본 후작은, 아내를 마음 깊이 소중하게 간직하고서 장성한 아이들을 보여준다. 그리고 아내를 후작 부인으로 추대하고 다른 모든 이의 모범으로 세운다.

아주 옛날에 살루초 후작 집안을 이어받은 괄티에리라는 이름의 청년이 살았습니다. 그는 개나 매를 데리고 사냥하는 일로 소일하면서 결혼이나 자식에 대해서는 전혀 생각이 없었지요. 상당히 현명하다고 할 만했지요. 하지만 부하들은 그의 이런 모습을 그다지 좋아하지 않았고 자꾸 결혼을 권했습니다. 후사 없이 그가 세상을 뜨면 저들도 주인이 없으니 안 된다는 것이지요. 부하들은 집안도 좋고 주인도 기쁘게 해줄 아내를 찾아드리겠다고 말하곤 했습니다.

그때마다 괄티에리는 이렇게 대답했지요.

"이 사람들아! 내가 정말 싫어하는 걸 하라고 이렇게 못살게 굴면 어쩌란 말인가! 자기 사는 방식에 쉽게 맞을 사람을 찾는 게 얼마나 어려운줄 모르는가! 나와 정반대로 사는 사람들이 얼마나 많은지, 내 기질에 맞지 않는 여자를 얻어 내 생활이 얼마나 비참해질지 너희들은 모른단 말이야! 부모를 보면 딸을 알 수 있으니 내 맘에 꼭 드는 아내를 구할 수 있다는 식으로 말하는데, 얼마나 바보 같은 생각인가! 아버지가 어떤 사람인지 어떻게 알 것이며 어머니가 혹시라도 지니고 있을 비밀은 또 어떻게 들춰낸단 말인가? 설령 부모에 대해 속속들이 알았다 해도, 딸이 그 어느 한쪽도 닮지 않는 경우도 많은 법일세. 여하튼 이런 식으로 너희들이 나를 옭아매기로 작정한 모양이니, 그렇다면 내가 한번 해보겠어. 그래야 일이 잘못돼도 내가 비난을 받을 게 아닌가. 내 스스로 선택한 여자와 결혼하기로 하겠네. 그 전에 분명히 해두겠는데, 내가 고른 여자가 어떻든지 간에 너희들의 존경을 받지 못한다면, 내 의지에 반해서 결혼을 하라고 강요한 너희들은 그게 얼마나 심각한 일인지 크게 배우게 될 거야!"

부하들은 주인이 아내를 맞아들이겠다는 것만으로도 그저 만족할 뿐이라고 대답했습니다.

마침 얼마 전부터 괄티에리는 이웃 마을의 가난한 처녀의 행실에 특별한 눈길을 던지고 있던 차였습니다. 그녀가 매우 아름답다고 느꼈으며 함께 살면 아주 좋겠다고 생각했지요. 그래서 더 이상 따질 것도 없이 그 처녀와 결혼하기로 했습니다. 정말로 가난했던 처녀의 아버지를 불러 딸을 그의 아내로 맞아들이기로 합의를 보았습니다.

이윽고 괄티에리는 자기 영지의 곳곳에서 친구들을 불러 모아놓고 이렇게 말했어요.

"여러분! 여러분은 내가 아내를 맞아들이기를 오랫동안 주장하고 있는데, 이제 그럴 준비가 되었습니다. 내가 결혼할 마음이 있어서가 아니라 여러분의 바람을 충족시켜주기 위해서지요. 여러분은 내가 어떤 결정을 내리든 거기에 수긍하고 내 아내를 존경하겠다고 일전에 내게 했던 약속을 기억하시기 바랍니다. 내가 여러분께 약속을 지키고 그 약속을 여러분도 준수할 시간이 왔소. 마침 바로 옆 동네에서 마음에 드는 처녀를 만났고 며칠 안에 그녀와 결혼하고 내 집으로 데려오겠습니다. 자! 결혼식은 아주 성대하게 올릴 겁니다. 여러분은 그녀를 정중하게 맞아주시기 바랍니다. 그래서 우리 모두가 만족할 수 있도록 합시다. 난 여러분과의 약속을 지키는 것이고, 여러분도 나와의 약속을 지키는 겁니다."

그 자리에 있던 선량한 사람들은 입을 모아 그에게 축복을 빌어주었습니다. 그녀가 누구든지 후작 부인으로 받아들이고 모든 면에서 존경을 바치겠다고 말했습니다. 그리고 괄티에리와 함께 모두 성대하고 화려한 결혼식을 준비했습니다. 후작은 풍족하고 세련된 결혼 축연을 마련하여 수많은 친구와 친척들, 귀족들, 그리고 이웃들을 초대했습니다. 또 신부가 입을 옷도 여러 벌 고급스러운 것으로 만들도록 했습니다. 그 밖에도 반지며 장식 허리띠며 값지고 아름다운 관이며 신부가 필요로 하는 모든 것을 준비하라고 지시했습니다.

괄티에리가 결혼식으로 점찍은 그날 아침 일찍 모든 준비는 끝이 났습니다. 그는 말에 올라 축하하러 온 사람들에게 말했습니다.

"여러분! 이제 우리가 신부를 맞으러 갈 시간입니다!"

괄티에리는 사람들을 전부 줄줄이 세우고 이웃 마을에 있는 처녀의 집으로 향했습니다. 거기서 일행은 우물에서 물을 길어서 돌아오던 그녀를 만났지요. 그녀는 다른 여자들과 함께 괄티에리의 신부를 보러 가려고 굉장히 급히 서두르던 중이었어요. 괄티에리는 그녀를 보자 곧장 이름을 불렀습니다. 그리셀다였지요. 그리고 그녀의 아버지가 어디 있는지 물었어요. 처녀는 수줍은 얼굴로 대답했습니다.

"나리! 아버지는 집에 있습니다."

괄티에리는 말에서 내려 모두에게 밖에서 기다리라고 명령을 내린 다음 누추한 집으로 혼자 들어갔습니다. 그리고 처녀의 아버지 잔누콜레를 만나 말했습니다.

"그리셀다와 결혼하려고 왔소. 그런데 먼저 그녀를 당신 앞에 불러다 놓고 물어볼 말이 있소."

그리고 처녀를 불러, 아내로 맞으면 언제나 남편을 기쁘게 해줄 것인지, 그의 말이나 행동에 무슨 일이 있어도 화내지 않을 것인지, 절대 순종할 것인지 등등 그런 식의 질문을 수도 없이 했고, 그 모두에 대해 처녀는 그렇겠노라고 대답했습니다.

괄티에리는 그리셀다의 손을 잡고 집 밖으로 나와 따라온 사람들과 마을 사람들 앞에서 그녀의 옷을 벗게 했습니다. 그리고 그가 특별 주문한 옷과 신발을 가져오게 해서 재빨리 입고 신도록 했어요. 그런 다음 그녀의 헝클어진 머리에 관을 씌우도록 했지요. 이런 것이 무얼 뜻하는지 의아해하는 사람들에게 그가 말했습니다.

“여러분! 이 사람이 제가 결혼하려는 여자입니다. 그녀가 날 남편으로 맞겠다면 말입니다.”

그러고는 너무나 당황하여 몸 둘 바를 모르는 그리셀다를 보고 말했어요.

“그리셀다! 날 당신의 남편으로 맞아들이겠소?”

그녀가 대답했어요.

“그렇게 하겠습니다, 나리!”

“나도 당신을 아내로 맞겠소.”

마침내 모든 사람이 지켜보는 가운데 괄티에리는 그리셀다와 결혼을 했습니다. 그녀를 작은 말에 태워 정중하게 호위하여 집으로 데려왔고, 성대하고 호화로운 잔치를 벌였습니다. 마치 프랑스 공주와 결혼한 것처럼 잔치는 화려하고 풍족했어요.

새 옷으로 갈아입은 젊은 신부는 새 생명을 얻은 듯 완전히 다른 여자처럼 보였습니다. 앞서 말했듯이 그녀는 타고난 예쁜 얼굴과 아름답고 사랑스러운 자태에다 이제 당당하고 우아하고 단정함까지 보태니, 양치기 잔누콜레의 딸이라기보다는 어느 대귀족의 딸처럼 보였어요. 이전에 그녀를 알던 사람들이 놀라는 건 당연했지요. 그뿐만 아니라 남편에게 순종하고 남편이 바라는 대로 따랐기 때문에 후작은 자기가 세상에서 가장 행복하고 남부러울 것이 없는 남자라고 생각되었어요. 또 남편의 부하들에게도 상냥하고 인자하게 대했기 때문에 부하들은 입을 모아 그녀의 행복과 성공과 더 큰 영광을 빌었지요. 괄티에리가 분별없이 이런 여자를 아내로 맞아들였다고 수군대던 사람들도, 이제는 세상에서 가장 현명하고 지혜로운 남자라고 그를 치켜세웠습니다. 괄티에리 말고는 어느 누구도 촌스러운 누더기 아래 감추어진 그녀의 고귀한 모습을 알아보지 못했으니 말입니다.

요컨대 그녀는 남편의 영역에서만이 아니라 더 넓은 세상에서 자신의 덕망 높은 행동과 모범적인 성격으로 빠른 시간에 모두의 환호를 받았습니다. 괄티에리가 그녀를 결혼 상대로 선택한 것을 나무라던 사람들도 생각을 뒤집어야만 했습니다.

괄티에리와 결혼한 지 얼마 지나지 않아 그녀는 아기를 가졌고, 달을 꽉 채워서 남편의 커다란 기쁨 속에서 딸을 낳았습니다. 그런데 얼마 지나지 않아 괄티에리는, 끊임없이 그리셀다를 괴롭히고 인생을 지긋지긋하게 만들어 그녀의 인내를 시험하고 싶은 이상한 욕망에 사로잡혔어요.

괄티에리는 처음에는 아내에게 싫은 소리를 하고, 화를 내고, 또 신하들이 특히 임신한 그녀를 보면서 비천한 출신이라고 불만을 품는다는 말을 하며 그녀를 못살게 굴었습니다. 신하들이, 주인이 딸을 낳은 것에 대단히 실망하고 불평만 늘어놓는다는 거였어요.

부인은 남편의 이런 말을 듣고서도 원래의 고고한 모습 그대로 전혀 낯빛을 바꾸지 않으면서 말했습니다.

"여보! 당신이 생각하시는 대로 저를 대하세요.[18] 당신의 명예와 마음의 평화를 위한 것이라면 전 무엇이든 괜찮아요. 당신 생각이나 판단에 무조건 따르겠어요. 당신이 제게 부여해주신 명예가 저로서는 과분하다는 것을 잘 알고 있으니 무얼 하셔도 전 만족할 거예요."

이런 대답에 괄티에리는 자기나 다른 사람에게서 받고 있는 명예에 대해 아내가 자만하지 않고 있다는 것을 알고 매우 기뻐했습니다.

그 얼마 후 괄티에리는 아내가 낳은 딸을 부하들이 좋아하지 않는다고 대충 아내에게 귀띔을 해놓은 다음, 하인 하나에게 단단히 일러 아내에게 보냈습니다.

하인은 굉장히 슬픈 표정으로 말했습니다.

"마님! 제가 목숨을 부지하려면 주인님께서 시키신 대로 해야 합니다. 주인님 명령은 아기씨를 빼앗아 저더러……."

하인의 목소리는 침묵으로 잦아들었어요.

하인의 태도에서 그리셀다는 전에 들었던 얘기를 떠올리고는 남편이 하인에게 딸아이를 죽이라고 명령했다는 것을 알았습니다. 주저하지 않고 아이를 요람에서 꺼내어 입을 맞추고 축복을 한 뒤, 터질 것 같은 마음을 억누르고 태연한 표정으로 하인에게 아이를 넘겨주며 말했습니다.

"받아요! 나의 주인이자 당신의 주인께서 지시하신 대로 하세요.[19] 그러나 짐승이나 새의 먹이만은 되지 않도록 해주세요. 이것도 주인께서 명령하신 것이 아니라면 말예요."

하인은 어린 여자애를 데리고 나가 괄티에리에게 부인의 말을 전했습니다. 아내의 의연한 태도에 놀란 괄티에리는 아이를 볼로냐에 있는 친척 여자에게 보내 신분은 알리지 말라고 당부하며 잘 키우고 교육시켜줄 것을 부탁했습니다.

그리셀다는 다시 임신을 하게 되었습니다. 때가 되어 아들을 낳았고, 괄티에리는 크게 기뻐했지요. 그러나 앞서 행한 일에 만족하지 않은 그는 전보다 더 심하게 아내를 괴롭혔습니다. 어느 날 아내에게 잔뜩 화를 내며 말했습니다.

"이봐요! 당신이 아들을 낳은 날부터 사람들이 내 처지를 완전히 비참하게 만들어놓지 않았겠소! 잔누콜레의 손자가 내 뒤를 이어 저들 주인으로 행세할 거라며 불평들이 말도 아니오. 그러니 전에 했던 대로 하지 않으면 당장에 내가 쫓겨날지도 모르겠고, 결국에는 당신을 버리고 다른 사람과 결혼해야 할지도 모르겠소."

아내는 참을성 있게 듣고 나더니 이렇게만 대답했습니다.

"당신 편하신 대로 하세요. 원하시는 대로 이루시고 제 생각일랑 하지 마세요. 당신이 기쁘지 않으시면 저에겐 아무것도 소용이 없어요."

며칠 지나지 않아 괄티에리는 아들을 딸과 같은 방법으로 죽인 것처럼 꾸며 볼로냐로 보냈습니다. 이번에도 부인은 전처럼 초연한 반응을 보였어요. 언행이 이전의 경우와 똑같았지요. 괄티에리는 아내의 이런 모습을 보고 너무 놀라서 저렇게 냉정한 여자는 또 없을 거라고 중얼거렸답니다. 자기가 허용하는 한에서만 아내가 아이들을 사랑한 것을 보고는 아내가 아이들에게 그다지 관심이 없는 것으로 생각할 뻔했습니다만, 진정으로 아내가 사리 분별이 있어서 다른 식으로 행동할 여지가 없다는 것을 알았지요. 부하들은 주인이 아이들을 살해했다고 생각하여 노골적으로 비난하고 잔인한 군주라고 생각한 반면, 부인에 대해서는 깊은 동정심을 갖게 되었습니다. 부인은 자식들을 잃은 슬픔을 위로하는 여자들에게 아이들의 아버지가 내린 결정이니 자기로서는 충분하다고만 말했습니다.

딸이 태어난 지 여러 해가 지나 괄티에리는 이제 그리셀다의 인내심을 마지막으로 시험할 때가 왔다고 생각했습니다. 그래서 부하들에게 이젠 더 이상 어떤 일이 있어도 그리셀다와는 함께 살 수 없고, 그녀와의 결혼은 한때의 젊은 혈기였음을 알게 되었으며, 따라서 전력을 다하여 어떻게든 교황의 관면(寬免)을 얻어 그리셀다와 이혼하고 다른 여자를 얻어야겠다고 선언했습니다. 이에 선량한 부하들이 심하게 비난했으나 후작의 태도에는 변함이 없었습니다.

남편의 의도를 알고 부인은 이제 친정으로 돌아가 전에 했던 대로 양이나 치다가 자기가 흠모했던 남자가 다른 여자를 맞아들이는 것을 보겠거니 생각했습니다. 그리셀다는 남몰래 서러움이 사무쳐 올랐습니다. 그러나 지금까지 운명의 장난을 견디어온 것처럼 침착하게 이 마지막 시련도 견디기로 마음먹었습니다.

그 얼마 후 괄티에리는 로마에서 가짜 편지가 오도록 꾸며서 교황이 그리셀다를 버리고 재혼하도록 허락했다고 부하들이 믿게끔 만들었습니다. 곧이어 그리셀다를 불러 여러 사람 앞에서 말했습니다.

"교황님의 관면을 받았으니, 당신을 이제 떠나보내고 다른 아내를 얻을 것이오. 나의 조상은 이 고장의 대귀족이고 영주였는데, 당신의 조상은 농부였으니 당신을 더 이상 내 아내로 데리고 살 수 없소. 그러니 당신이 가져온 물건을 챙겨서 잔누콜레 집으로 돌아가시오. 그런 다음 다른 부인을 데려올 것이오. 난 이미 여자를 구해놓았소. 내 조건에 훨씬 잘 어울리는 여자로 말이오."

부인은 남편의 얘길 들으면서 여느 여자의 한계를 넘는 인내력을 발휘하여 솟구치는 눈물을 겨우 참고 대답했습니다.

“저의 낮은 신분은 당신의 고매한 신분에 전혀 어울리지 않고, 내가 얻은 지위는 다 하느님과 당신께 빚진 것임을 일순간도 잊은 적이 없어요. 나의 지위를 내 것으로 만들거나 간직할 선물로 생각한 적은 한 번도 없어요. 다만 언젠가 돌려주어야 할 것으로 생각하며 살았어요. 돌려받길 원하시니 이제 감사하는 마음으로 돌려드리겠습니다. 당신과 결혼하면서 받은 반지가 있네요. 이것도 가져가세요. 내가 가져온 물건을 가져가라고 하셨는데, 셈할 것도 없고 지갑도 짐말도 필요 없어요. 내가 태어난 그날처럼 당신이 날 발가벗긴 것을 기억합니다.[20] 당신의 아이들을 밴 나의 몸이 모든 사람에게 보여도 상관없다 생각하시면 벌거벗고 가겠습니다. 다만 제가 당신께 가져왔고 이제 회복할 수 없는 저의 처녀성의 대가로 지참금에 더하여 속옷 한 벌은 걸치고 가도록 해주실 것으로 믿습니다.”

괄티에리는 어느 누구보다도 눈물을 쏟아내고 싶었으나 근엄한 표정을 유지하며 말했습니다.

“좋소. 속옷 한 벌은 입을 수 있소.”

거기 모인 사람들은, 부인이 13년 동안 아내로 있었으니 거지처럼 속옷만 달랑 입혀서 내보내는 냉대는 없게 제대로

옷 한 벌 입도록 해달라고 간청했습니다. 하지만 소용없었습니다. 결국 부인은 속옷 바람으로 맨발에다 머리에는 아무것도 쓰지 못한 채 울부짖는 사람들에게 작별을 고한 다음, 괄티에리의 집을 떠나 낳아준 아버지에게로 돌아갔습니다.

잔누콜레는 괄티에리가 자기 딸을 아내로 맞아들인다는 것이 가당하다고 생각한 적이 없었던 터라, 이런 일이 일어나리라고 날마다 예상하고서 딸이 시집가던 날 아침 벗어놓은 옷을 간직하고 있었습니다. 그리셀다는 아버지에게서 옷을 받아 입고 아버지의 집에서 전처럼 허드렛일을 하던 시절로 돌아갔습니다. 심술을 부리는 운명의 잔인한 공격을 용감하게 참고 견디면서 말입니다.

한편 그리셀다를 쫓아내고 얼마 지나지 않아 괄티에리는 파나고의 백작 가문의 딸과 혼인을 한다고 부하들에게 알렸습니다. 그리고 성대한 연회를 준비하도록 해놓고 그리셀다를 불러서 말했습니다.

"새로운 신부를 맞으려 하오. 신부가 집에 발을 들여놓는 순간부터 명예로운 환영으로 맞아들이고 싶소. 당신도 알겠지만, 날 위해 준비도 해야 하고 이런 종류의 축하연이 요구하는 잡다한 일들을 맡아할 수 있는 여자들이 여긴 없소. 당신은 누구보다 이 집 살림들을 잘 알고 있으니 필요한 조처를 취해주었으면 좋겠소. 부인들을 초대하고 당신이 안주인으로 행세하면서 접대하시오. 축하연이 끝나면 집으로 돌아가도록 하시오."

그리셀다는 자신의 행운을 떠나보낼 때처럼 쉽사리 괄티에리를 향한 사랑을 밀쳐놓을 수 없었기 때문에 그의 말들은 비수처럼 심장을 파고들었어요. 그러나 그녀는 이렇게 대답했습니다.

"알겠습니다. 말씀하신 대로 하겠습니다."[21)]

그리하여 그리셀다는 얼마 전에 속옷 바람으로 떠났던 집에 남루한 옷을 입고 돌아왔습니다. 그녀는 방마다 청소를 하고 정리를 하기 시작했지요. 자기 방식대로 침대에 커튼을 드리우고 의자에 알맞은 장식을 하고 부엌에도 모든 준비를 마쳤습니다. 마치 이 집의 하녀인 것처럼 가능한 모든 일을 손수 맡아했고, 모든 것이 축하연에 걸맞게 준비될 때까지 열심히 일을 했습니다.

이 모든 일을 마친 다음 그리셀다는 괄티에리의 이름으로 이웃에 사는 부인들 모두에게 초청장을 보내도록 하고 결혼식을 기다렸습니다. 마침내 결혼식 날이 되었습니다. 그리셀다는 자신의 초라한 행색에는 아랑곳 않고 영지의 부인다운 따스함과 예의를 차려 초대된 부인들을 하나하나 밝은 웃음으로 맞아들였습니다.

한편 괄티에리의 두 아이는 파나고 백작 가문으로 시집간

볼로냐의 친척이 소중하게 키우고 있었습니다. 딸은 이제 세상에서 가장 사랑스러운 열두 살 소녀가 되었고 아들은 여섯 살이 되었습니다. 괄티에리는 친척의 남편에게 전갈을 보내 자기 딸을 동생과 함께 살루초로 보내달라고 부탁했습니다. 올 때는 귀족다운 예의를 갖추어 수행하고, 만나는 사람들에게는 괄티에리에게 시집보내는 거라고 말하고, 아이의 정체에 대해서는 일절 밝히지 말하고 일렀습니다.

괄티에리의 요청에 따라 백작은 소녀와 동생 그리고 근사한 수행인을 데리고 떠났습니다. 그리고 며칠 후 연회가 시작되기 직전에 그들은 살루초에 도착했습니다. 주변의 수많은 사람이 나와 괄티에리의 신부를 기다리고 있었지요.

부인들의 마중을 받으면서 소녀가 식탁이 차려진 커다란 방으로 들어서자, 그리셀다는 여전히 정중한 태도로 맞아들이며 말했습니다.

"아씨! 환영합니다."

부인들은 그리셀다를 다른 방에 있게 하든지, 아니면 한때 입었던 옷을 입도록 해서 손님들 앞에 그런 누추한 꼴을 보이지 않게 해달라고 괄티에리에게 간곡히 부탁했으나 거절당했습니다. 부인들은 할 수 없이 식탁에 자리를 잡고 앉아 소녀를 접대했습니다. 모든 시선이 소녀에게 집중되었고, 괄티에리가 솜씨도 좋게 아내를 잘도 바꿨다고 사람들은 수군댔습니다. 그러나 그리셀다는 소녀를 칭찬하고 어린 동생도 따뜻하게 대해주었습니다.

괄티에리는 이제 자기 부인의 인내심을 시험해보기 위해 할 만한 모든 시험을 마쳤다고 생각했습니다. 부인의 행실에 아무런 사소한 변화도 일어나지 않았다는 것을 알았고, 그것은 부인이 둔해서가 아니라 아주 총명해서라는 것도 확신하게 되었습니다. 그래서 부인을 그 평안한 표정 뒤에 감추고 있는 괴로움에서 풀어주어야 할 때가 되었다고 생각했습니다. 그는 부인을 자기 자리로 오도록 한 다음, 그곳에 모인 사람들 앞에서 부인에게 웃음을 지어 보이며 말했습니다.

"우리의 새로운 신부를 어떻게 생각하시오?"

"주인님께 잘 어울린다고 생각해요. 신부의 지혜가 아름다움과 잘 조화가 됩니다. 추호의 의심도 없이 이분과 함께라면 주인님께서는 세상의 어떤 신사보다도 더 행복하게 사실 거예요. 하지만 제 온 마음을 다해 말씀드립니다만, 이전의 부인에게 가했던 상처를 다시 신부에게는 입히지 말아주세요. 이전의 부인은 어려서부터 줄곧 고생하며 살았지만, 신부는 어리기도 하고 곱게 자랐기 때문에 견디어낼까 걱정입니다."

젊은 부인과 결혼한다는 걸 눈으로 확인하고서도 그리셀다가 아무런 원망도 하지 않자, 괄티에리는 그녀를 옆에 앉히고 말했습니다.

"그리셀다! 그렇게 오랫동안 지켜온 인내에 대한 보상을 받을 때가 되었소. 날 비뚤어지고 잔악한 짐승 같은 놈으로 욕한 사람들이 이제 내가 했던 일이 다 뜻이 있었음을 알 때가 되었소. 난 당신에게 아내의 길을 가르쳐주고 싶었고 사람들에게도 알려주고 싶었소. 또한 함께 살면서 언제나 평온을 유지하는 방법을 보여주고 싶었소. 사실 당신을 아내로 맞을 때 이 평온이 오래가지 않을까 두려웠소. 그걸 알아보려고 지금까지 당신을 괴롭히고 고통을 주었소. 그런데도 당신이 내 뜻을 어기는 것을 본 적이 없었소. 이제 내가 바라던 행복을 당신이 내게 줄 수 있으리라 확신하면서, 당신에게서 빼앗았던 것을 한순간에 돌려주고 당신을 괴롭게 했던 고통을 부드럽게 씻어주려 하오. 자! 당신이 나의 신부라고 믿는 이 소녀와 동생을 기쁜 마음으로 받아주시오. 이들은 우리의 아이들이오. 내가 잔인하게 살해했다고 당신과 다른 사람들이 오랫동안 믿어왔던 바로 그 아이들이오. 난 당신의 남편이고 누구보다 당신을 사랑하오. 세상 어느 남자보다 난 나의 아내에게 만족한다고 자랑할 수 있소."

말을 마친 괄티에리는 기쁨으로 흐느끼고 있는 그리셀다를 껴안고 입을 맞췄어요. 둘은 자리에서 일어나, 엄청난 얘기 앞에 망연자실 앉아 있는 그들의 딸에게 다가갔습니다. 그리고 딸과 아들을 정겹게 끌어안았습니다. 모든 의문은 이제 그 자리에 있던 모든 사람에게서 사라졌습니다.

부인들은 자리에서 일어나 크게 기뻐하며 그리셀다를 다른 방으로 데려가 앞으로 다가올 행복을 축하하면서 초라한 옷을 벗기고 예전에 입던 우아한 옷으로 갈아입혔습니다. 남루한 옷에 싸여서도 그러했지만, 이제 그들의 여주인으로서 다시 연회장으로 모시고 돌아왔습니다. 그리셀다는 괄티에리와 아이들과 함께 너무나 황홀한 기쁨을 다시 맛보았지요. 지켜보던 사람들도 크게 기뻐하며 축하연은 몇 배로 더 화려하고 행복하게 며칠을 계속 이어갔습니다. 사람들은 괄티에리가 부인을 너무 모질고 잔인하게 시험한 것이 아니냐고 일견 입방아를 찧기도 했지만, 아주 현명한 사람으로 인정받았고 그리셀다는 그보다 더 현명한 여자라고 결론을 지었습니다.

파가노의 백작은 며칠 후 볼로냐로 돌아갔습니다. 괄티에리는 잔누콜레를 오두막에서 모셔와 장인으로 깍듯이 받들어 여생을 편안하고 훌륭하게 보내도록 해주었습니다. 자신의 딸을 반듯한 가문에 시집을 보내고 그리셀다를 자기 능력이 닿는 한 최고로 존중하며 오랫동안 함께 행복하게 살았습니다.

자, 이제 뭘 더 얘기할까요? 성령은 하늘에서 가난한 자에게 임하시지만, 반면에 왕궁에 거하는 자들도 사람들을 다스리기는커녕 돼지치기에나 적당한 경우도 많습니다. 그리셀다 말고 그 누가 괄티에리가 행한 전대미문의 잔인한 시험을 달게 견딜 수 있었겠습니까? 속옷 바람으로 집에서 쫓겨난 여자가 몸에 옷을 걸쳐줄 다른 남자를 만나 다른 인생을 찾았다고 한들 그게 과연 비난할 만한 일이겠습니까?

3 관련서 및 연보

『데카메론』이 하나의 고전으로서 제대로 대접받지 못하는 것이 우리의 현실이다. 고전이라면 시공을 초월한 어떤 보편적 진리를 품고 있으며 동시에 그 진리를 일방적으로 전달하기보다 맥락에 따라 유연하게 변신시키는 능력을 품고 있어야 한다.

우리가 『데카메론』을 고전으로 대접하지 못한다는 것은 그것이 지닌 진리가 무엇이고 우리에게는 또 무엇일 수 있는지를 고민해본 적이 없다는 뜻이다. 오래 전부터 내용을 알고 있고, 만화와 영화 같은 다른 형식들로 개작되어 우리에게 친숙한 『데카메론』은 사실상 겉모습에 불과했다. 우리 앞에 다시 드러나야 할 『데카메론』은 천의 얼굴을 하고 있다.

『데카메론』 관련서

『데카메론』은 서양의 대표적인 고전이면서도 국내에서는 정작 믿을 만한 번역서가 거의 없으며 소개서는 전무한 형편이다. 반면 『데카메론』은 오래 전부터 우리에게 익숙하게 알려져 왔다. 춘계생(春溪生)의 번역으로 1924년에서 1925년까지 25회에 걸쳐 「매일신보(每日申報)」에 연재된 것이 최초의 본격적인 소개로 보인다. 그 후 여러 형태의 번역들이 선을 보였으나, 원전에 의거한 완역본은 허인(미문출판사)과 한형곤(동아문화사, 범우사, 동서문화사)에 의해 나왔다. 당장 주변에서 구해볼 수 있는 중역본이나 축약본, 동화식 개작, 그리고 만화로 개작된 판본들이 십수 종에 달한다. 또 1927년 영화로 개작된 「데카메론」이 우리나라에 수입되어 상영된 이래 뮤지컬이나 연극으로 여러 번 각색되었다. 그러나

『데카메론』에 대한 그렇게 높은 대중적 관심은 『데카메론』의 제 모습에서 멀리 떨어져 있었고 음란한 야담으로서 훨씬 더 강렬한 인상을 빚어냈으며, 그 저변에 깔린 진정한 '고전'으로서의 모습을 찾아보려는 진지한 노력 또한 거의 없었던 것 같다.

얼마 전에 나온 『보카치오의 유명한 여자들』(나무와숲)에서 그의 독특한 여성관을 엿볼 수 있다. 여성성은 현실을 있는 그대로 재현하고자 하는 보카치오의 감수성과 의지를 잘 드러내주는 주제다. 여성에 대한 그의 태도는 언제나 모호했으며, 바로 그것이 현실을 어떤 정해진 틀에 속박하지 않으면서 문학적 언어를 통해 자유롭게 펼쳐낼 수 있었던 하나의 힘이었다. 『데카메론』을 적절히 이해하기 위한 중요한 통로로서 여성성은 현재 여러 방면으로 다양하게 가지를 뻗어나가고 있는 하나의 문명적 화두다. 『데카메론』에 나타난 여성성은 결코 낡지 않았으며, 현재 가장 진보적인 페미니즘의 측면에서 읽히기에 적절하다고 생각된다. 수많은 페미니즘 참고서들이 시중에 나와 있지만, 무엇보다 여성성이 우리의 현실에서 구체적으로 어떻게 작동하고 있는지를 고민하며 『데카메론』과 함께 다시 읽기를 권한다.

『데카메론』의 배경을 이루고 있는 흑사병의 역사적 사건은 단지 과거의 일이 아니라 인류의 문명에서 언제든지 일어날 수 있는 재난의 징표다. 당시 흑사병의 원인은 알려지지 않았고 단지 인간의 부패와 부도덕에 대한 절대자의 징벌로 여겨졌다. 고도로 발달한 과학의 성과를 통해 흑사병 바이러스의 존재가 알려진 지금도 원인을 알 수 없는 또 다른 전염병들은 계속 출현하고 있다. 마치 인류의 운명처럼 커져가기만 하는 환경오염이나 에너지 고갈, 그리고 온갖 종류의 분쟁들은 현재 우리가 겪고 있는 또 하나의 흑사병이라고 할 것이다. 최근에 나온 『흑사병 시대의 재구성』(소소)을 통해 보카치오 당대의 흑사병이 어떤 모습이었는지를 알 수 있고, 『흑사병의 귀환』(황소자리)을 통해 시공을 넘어서는 흑사병의 실체를 어림할 수 있을 것이다.

『데카메론』과 함께 읽기를 권하는 다른 책은 야콥 부르크하르트의 『이탈리아 르네상스의 문화』(한길사)다. 『데카메론』에는 중세에서 근대로 변환하던 당대의 거대한 흐름을 겪고 있는 사람들이 아주 생생하게 그려진다. 새로운 가치관과 세계관을 충실하게 반영하고 있는 이들이 추구했던 것은 개인의 재능이고 욕망이며 명성이었다. 이탈리아 인문주의와 르네상스를 받쳐주었던 엔진은 바로 그것들이다. 『데카메론』의 인물들은 어떠한 종교적 신앙이나 도덕적 관습에도 소홀한 채 오로지 자신의 재능과 결단, 모험을 통하여 세속적인 부와 명성을 추구한다. 이는 부르크하르트가 묘사한 르네상스인의 모습과 다르지 않다. 『데카메론』은 르네상스의 미시사로 읽어도 무방할 것이다.

마지막으로, 초서의 『켄터베리 이야기』, 라블레의 『가르강튀아·팡타그뤼엘』, 세르반테스의 『돈키호테』와 같은 고전들은 『데카메론』의 영향을 받았을 것으로 짐작되기도 하지만, 특히 그것들이 생산된 당대의 인간과 세계를 풍자와 해학으로 재현했다는 점에서 『데카메론』과 닮아 있다.

참고문헌

대니얼 부어스틴, 『창조자들』, 이민아·장석봉 옮김, 민음사, 2002.

미셸 푸코, 『앎의 의지』, 이규현 옮김, 나남, 2004.

야코프 부르크하르트, 『이탈리아 르네상스의 문화』, 이기숙 옮김, 한길사, 2004.

죠반니 보카치오, 『보카치오의 유명한 여자들』, 임옥희 옮김, 나무와 숲, 2004.

피터 데피로, 메리 데스몬드 핀코위시, 『천재의 방식. 스프레차투라』, 이혜정 옮김, 서해문집, 2003.

후지사와 미치오, 『이야기 이탈리아사』, 임희선 옮김, 일빛, 1999.

박상진, 『이탈리아문학사』, 부산외대출판부, 2003.

박상진, "보카치오의 인문주의", 『지중해 지역 연구』 제3집, 지중해연구소, 2001, pp. 65~79.

박상진, "『데카메론』의 모호한 여성성과 리얼리즘", 『이탈리아어문학』 제17집, 한국이탈리아어문학회, 2006, pp. 79~100.

Anderson, David, *Before the Knight' s Tale: Imitation of Classical*

Epic in Boccaccio's "Teseida", Philadelphia: University of Pennsylvania Press, 1988.

Boccaccio, Giovanni, *Decameron*: 데카메론, 한형곤 옮김, 동서문화사, 1975 / 범우사, 2002.

Boccaccio, Giovanni, *Decameron*: 데카메론, 권오현 옮김, 한국도서출판중앙회, 1991.

Boccaccio, Giovanni, *Decameron*, Milano: Mondadori, 1985.

Boccaccio, Giovanni, *Decameron*, Torino: Einaudi, 1987.

Boccaccio, Giovanni, *The Decameron*, Selected, translated, and edited by Mark Musa and Peter E. Bondanella, New York: Norton & Company, 1977.

Boccaccio, Giovanni, *Elegia di Madonna Fiammetta*, Milano: Mursia, 1987.

Boccaccio, Giovanni, *Filostrato*, Milano: Mursia, 1990.

Boccaccio, Giovanni, *Ninfale fiesolano*, Milano: Mursia, 1991.

Boccaccio, Giovanni, *Vita di Dante*, Bergamo: Moretti & Vitali, 1991.

Bosco, Umberto, "Il poeta dell'intelligenza", *Saggi sul Rinascimento italiano*, Firenze : Le Monnier, 1973.

Brand, Peter, and Lino Pertile (eds.), *The Cambridge History of Italian Literature*, Cambridge: Cambridge University Press, 1996.

Caporello-Szykman, Corradina, *The Boccaccian Novella: Creation and Waning of a Genre*, New York: Peter Lang, 1990.

Dizionario Bompiani delle Opere e dei Personaggi di tutti i tempi e di tutte le letterature, Milano: Bompiani, 1984.

Hanly, Michael G., *Boccaccio, Beauvau, Chaucer: Troilus and Criseyde: Four Perspective on Influence*, Norman, Oklahoma: Pilgrim Books, 1990.

Hollander, Robert, *Boccaccio's Last Fiction "Il Corbaccio"*, Philadelphia: University of Pennsylvania Press, 1988.

Johnson, Paul, *The Renaissance: A Short History*, Modern Library, 2000.

Mazzotta, Giuseppe, *The World at Play in Boccaccio's "Decameron"*, Princeton: Princeton University Press, 1986.

McGregor, James H., The Shades of Aeneas: *The Imitation of Vergil and the History of Paganism in Boccaccio's "Filostrato", "Filocolo", and "Teseida"*, Athens and London: The University of Georgia Press, 1991.

Menocal, Maria Rosa, *Writing in Dante's Cult of Truth from Borges to Boccaccio*, Durham: Duke University Press, 1991.

Wilkins, Ernest Hatch, *History of Italian Literature*, Cambridge, Mass: Harvard University Press, 1962.

죠반니 보카치오 연보

1313년

6월 혹은 7월에 피렌체의 부유한 상인 보카치노 디 켈리노의 사생아로 태어난다. 어머니를 떠나 유년 시절을 피렌체의 아버지 밑에서 보낸다.

1320년

아버지가 귀족 출신의 마르게리타 데 마르돌리와 정식 결혼을 한다. 의붓동생 프란체스코가 출생한다.

1325년

아버지가 일하던 바르디 은행의 나폴리 지사 견습사원으로 일한다. 나폴리에 머무는 동안 지오토, 마르티니 등 당대를 풍미하던 화가와 작가, 학자들과 교류한다.

1331년

나폴리 대학에서 치노 다 피스토이아 밑에서 법률 공부를 시작한다.

1332년

아버지가 프랑스로 떠나자, 라틴 고전과 프로방스 문학 연구로 방향을 돌린다.

1333년(혹은 1336년)

나폴리의 로베르토 왕의 딸 마리아를 만난다. 이후 그녀는 피암메타라는 이름으로 작품에 등장한다. 페트라르카의 시를 접한다.

1334년

『디아나의 사냥』의 집필을 시작하여 1337년에 완성한다.

1335년(혹은 1340년)

『필로스트라토』를 집필한다.

1336~1339년

『필로콜로』를 집필한다. 이 시기에 공부가 끝이 난다.

1340년

바르디 가문이 파산하여 피렌체로 돌아온다. 『테세이다』를 집필한다.

1341~1342년

『아메토의 요정』을 집필하여 니콜로 바르톨로 델 부오노

(Niccolo di Bartolo Del Buono)에게 헌정한다.

1342~1343년

『사랑의 시선』을 집필한다.

1343~1344년

『피암메타 부인의 애가』를 집필한다.

1345년

라벤나의 폴렌타 가문을 위해 이듬해까지 일한다.

1346년

『피에졸레의 요정』을 집필한다.

1347~1348년

포를리의 오르델라피 가문을 위해 일한다. 단테의 존재를 처음으로 알게 된다.

1348년

피렌체로 돌아와 흑사병이 만연한 상황을 목격한다. 아버지와 계모, 그리고 수많은 친구가 흑사병으로 죽는다.

1349년

『데카메론』의 집필을 시작한다.

1350년

피렌체에 체류하면서 1367년까지 외교사절로 활동한다. 페트라르카를 처음으로 만난다. 『이교 신들의 계보』의 집필을 시작한다. 로마냐 귀족들에게 사절로 파견된다.

1351년

시의원으로 임명된다. 티롤 지방의 바이에른 공작 루이에게 방문 사절로 파견된다. 파도바에서 페트라르카와 재회한다. 『단테 연구』가 거의 완성된다. 『데카메론』을 완성한다.

1354년

아비뇽에 머물던 교황 인노켄티우스 6세의 방문 사절로 파견된다.

1355년

『유명인들의 운명에 대하여』와 『산과 숲, 샘, 호수, 강, 늪 또는 습지와 바다의 이름에 대하여』의 집필을 시작한다.

1359년

페트라르카를 세 번째로 만난다. 롬바르디아 대사로 임명되고, 베르나보 비스콘티(Bernabo Visconti)의 궁정에 머무른 것으로 보인다.

1360년

피렌체에서 실패한 혁명에 친구들과 친지들이 연루되어 그들 중 몇은 처형된다. 이후 4년 동안 피렌체에서 관직을 받지 못한다.

1361년

체르탈도에 칩거한다. 『유명한 여자들』을 집필하기 시작한다. 확실하지 않은 이유로 이듬해까지 라벤나에 체류한다. 그곳에서 『고독한 삶 *De vita solitaria*』을 쓰고 있는 페트라르카를 위해 산 피에르 다미아니(San Pier Damiani)에 관한 정보를 수집한다.

1362년

『유명한 여자들』을 완성한다.

1363년

신앙이 약해졌다고 생각하여 정신적인 구도의 생활에 헌신한다. 수도사 죠아키노 치아니를 만난다. 니콜로 아치아이우올리의 초청으로 다시 나폴리를 여행하지만 별 따뜻한 응대를 받지 못해 짧은 시간 체류한다. 피렌체로 돌아온 뒤 페트라르카를 만나기 위하여 파도바에 갔으나 만나지 못하고 그를 새로 이주한 베네치아에서 만나게 된다. 7월에는 체르탈도로 향한다. 『이교 신들의 계보』를 탈고하고, 『유명인들의 운명에 대하여』를 완성한다.

1364년

속어 창작에 대하여 페트라르카와 서신으로 논쟁한다. 『산과 숲, 샘, 호수, 강, 늪 또는 습지와 바다의 이름에 대하여』를 완성한다.

1365년

아비뇽에 있던 교황 우르바노 5세의 교황청을 피렌체 대사로서 방문한다. 『코르바치오』를 집필한다.

1367년

교황청이 로마로 이전한 뒤 교황을 방문한다. 베네치아를 방문하여 페트라르카는 만나지는 못하고 그의 딸과 의붓아들을 만난다.

1368년

파도바에서 수많은 지식인과 작가들에 둘러싸인 페트라르카를 만난다.

1370~1371년

마지막으로 나폴리를 여행하고 나서 체르탈도에 은거한다.

1372년

점점 비만과 수종, 옴과 고열에 시달리며 거동이 불편해진다.

1373년

피렌체 정부의 요청에 따라 성 스테파노 교회에서 『신곡』을 강연한다. 『이교 신들의 계보』를 계속해서 개정한다.

1374년

가난과 병에 시달리며 다시 체르탈도로 돌아온다. 거기서 페트라르카의 사망 소식을 듣고 소네트를 써서 그를 기린다. 『이교 신들의 계보』를 계속 고친다.

1375년

12월 21일 체르탈도의 집에서 사망한다.

나오는 글

『데카메론』에 담긴 100편의 이야기들이 하나같이 모두 뛰어난 것은 아니다. 어떤 이야기에서 위트는 단조롭고 현대의 구미에 맞지 않는다. 설득력이 떨어지는 경우도 있고, 기이하게 느껴지기까지 한다. 그러나 대부분에서 그 날카로운 성격 창조와 세련된 구성, 어떤 하나의 용어로 정의할 수 없는 신비하기까지 한 상상력으로 시간과 공간을 넘어서서 오늘날의 독자에게 호소한다. 이 모든 것들은 보카치오가 자신의 고유의 세계를 창조했기 때문에 가능했다.

보카치오는 언제나 변화하는 세상을 어떤 고정된 관습적 진리로 덮지 않고 드러내고자 했다. 그는 자신의 그러한 관점과 의도도 마찬가지로 변할 수 있다는 것을 알고 있었다. 또 『데카메론』에 담긴 이야기들이 지나치게 자극적이고 예외적일 수 있다는 점도 알고 있었을 것이다. 어쩌면 그런 버거운 내용과 묘사들은 세상이 선하고 바르고 깨끗하며 희망차다는 우리의 생각이 사실 바람에 지나지 않는다는 것을 알려주는 듯싶다. 『데카메론』의 세상이 추하고 어이없게 보이는 것 자체는 시대와 사회를 넘어서 인간이 스스로 그려낸 자화상일지도 모른다. 세계 문학사에서 『데카메론』처럼 여러 방면으로 거듭하여 모방되고 표절된 작품도 흔치 않을 것이다. 『데카메론』이 지금까지 큰 영향을 끼치는 고전으로 남아 있는 것은 우리의 현실에 고쳐야 할 것이 많다는 얘기이기도 하다.

무엇보다 『데카메론』은 겹의 이미지로 다가온다. 여러 화자가 다층적으로 등장하는 구조 때문이기도 하겠지만, 작가 보카치오가 앞으로 나왔다가 다시 뒤로 빠지기를 반복하면서 『데카메론』이라는 무대가 몇 겹의 막으로 가려지고 다시 드러나는 효과를 내는 것이다. 『데카메론』을 읽으면 열 명의 남녀가 모여 앉아 재미나게 얘기들을 주고받는 저편 한구석에서 늘 어떤 사람이 지켜보고 있다는 느낌이 든다. 보카치오의 글은 몰래 숨어서 엿듣고 엿보는 식의 관음증의 특징을 지닌다. 그러다가 어느 순간에는 앞에 나서서 해설하고 방향을 틀곤 한다. (첫 번째 날 첫 번째 이야기의 끝을 보면 단 네 단어로 이루어진 짧은 문장 하나(2부 리라이팅 162쪽 맨 마지막 행 참조)로 작가 보카치오는 갑작스럽게 출현했다가 사라진다. 그 찰나는 섬광처럼 빛을 뿜었다가 검은 장막 뒤로 사라져 독자에게 깊은 인상을 남긴다.) 모인 열 명의 남녀와 등장하는 수많은 인물, 그리고 수백 년 동안 『데카메론』을 읽어온 수많은 독자는 아마 그런 데카메론의 변칙적인 연출에 거부감을 느끼지 않았던 것 같다.

겹의 구조는 『데카메론』이 우리 세상의 복잡한 면면들, 그리고 그들을 대하는 우리 각자의 무수하게 다양한 입장들을 한 권의 책으로 재현하는 효과를 낸다. 『데카메론』의 복잡한 겹의 구조에서 아마 독자들이 먼저 떠올리는 것은 욕망의 이미지일 것이다. 과연 때로는 억제되고 위장되고 때로는 폭발하는 가운데 욕망의 담론은 『데카메론』 전체에 끊임없이 흐른다. 보카치오는 여러 갈래로 굴절된 욕망의 이미지들을 적나라하게 까발린다. 그래서 『데카메론』을 읽는 독자들이 중세적 관념이 만들어낸 구원이나 도덕 같은 방어막을 걷어버리고 차디찬 혹은 활활 타오르는 현실에 맞닥뜨리게 만든다. 아마 보카치오 자신이 그런 욕망의 현실에 맞닥뜨렸을 것이고 보카치오 자신의 욕망이 그 현실을 만들기도 했을 것이다. 욕망의 현실은 『데카메론』이 나온 지 700년 가까운 세월이 흐른 지금까지도 우리에게 공감을 얻어낸다. 보카치오는 스스로 쌓은 다양한 삶의 경험, 세상에 대한 천재적 관찰력, 그리고 사실적인 재현의 필치를 통하여 『데카메론』을 오랫동안 살아 있는 고전으로 만들었다.

『데카메론』의 탁월성은 인간의 현실을 있는 그대로 재현했다는 점에서 찾을 수 있다. 거기에서는 어떠한 보편적 원리나 진실도 전면에 드러나지 않는다. 그러한 것들이 구석으로 밀려나는 대신에 무수히 다양한 현실의 편린들이 펼쳐진다. 『데카메론』의 리얼리즘이 빛을 발하는 것은 그 작품이 구체적 현실을 구체적인 언어로 재현하기 때문이다. 그러한 리얼리즘의 창작 자세와 방식이 『데카메론』의 생명력으로 작용한다. 여기서 '구체적인 현실'이란 당대의 공식 문화였던 중세 가톨릭의 가치관에 가려진 대중의 현실을 가리키고, '구체적인 언어'란 당대의 공식어였던 라틴어에 비해 대중의 언어였던 이탈리아어를 가리킨다. 비록 그 자신은 말년에 가서 『데카메론』을 비롯한 문학작품들을 이탈리아어로 쓴 것을 후회했지만, 현실세계에서 펼쳐지는 당대의 다채로운 삶의 모습은 이탈리아어가 아니고서는 도저히 재현하지 못했을 것이다. 삶의 구체성은 이렇게 언어에도 적용되었다.

리얼리즘은 사소한 것들을 통해 세계에 대한 작가 자신의 입장을 귀납적으로 이끌어내고자 하는 창작의 흐름을 가리킨다. 귀납적 방법은 연역적 방법에 대립하는 것일 텐데, 연역적 방법이란 세계관이나 신과 같은 거대 명제와 거대 서사에서 출발하는 것을 말한다. 보카치오는 그러한 거대 명제가 제시하는 절대적 구원의 신앙과 이념을 적극적으로 부정하면서, 그 대리자로서의 성직자의 위선을 들춰낸다. 중세 당대에서 성직자는 강고한 권력자의 위치에 있었으며 또한 오랫동안 안정된 체제 속에서 권력의 부패는 만성화되어 있었다. 오랫동안 덮여 가려진 현실의 모습들을 적나라하게 들추어낸다는 것은 당시로서 여간 부담스러운 일이 아니었을 것이다. 보카치오의 리얼리즘은 당대를 살던 사람들의 딱딱한 고정 관념을 긁어 상처를 내는 것과 같은 일이었다. 쓰라림 속에서 그들은 스스로의 처지를 다시 돌아보게 되었을 것이다.

보카치오의 『데카메론』을 리얼리즘의 측면에서 볼 필요가 있는 것은 그 작품이 아직까지 당대를 뒤덮고 있던 중세의 내세 중심적 세계관에 맞서서 신랄한 풍자와 사실적 묘사를 통해 당대의 현실을 재현했고 또한 새로운 시대를 예고했기 때문이다. 더 중요하게, 현실의 모호한 모습들을 어떠한 일률적인 틀에 담으려 하지 않고, 있는 그대로 재현했기 때문이다. 『데카메론』의 생명력은 거기에 있다. 『데카메론』은 중세의 그늘에서 싹을 틔웠지만, 일찌감치 새로운 시대를 감지하고 묘사했으며, 그런 과정에서 현실의 결을 어루만지게 하는 문학적 성취를 이루었다. 현실은 늘 앞서가고 공인된 제도와 세계관은 그 뒤를 따른다. 그러나 문학은 앞서가는 현실을 그 예리하고 섬세한 촉수와 유연한 언어의 그물로 잡아채 우리 앞에 내어놓는다. 그것이 문학이 현실을 대하면서 지녀야 할 아주 중요한 덕목일 텐데, 문제는 현실의 결을 어루만지고 어루만지게 해준다는 것이 어떤 양상을 띠고 어떤 의미를 지니는가 하는 점이다.

보카치오는 작가로서 현실을 있는 그대로 대면하고 재현하려 노력했다. 그가 견자(見者)로서의 능력을 발휘한 것은 바로 그런 작가적 감수성과 자세 때문이었다. 그가 『데카메론』에서 올곧게 재현한 현실의 모습들에서 비추어낸 개인성, 평등, 민주주의 등 당시로서는 새로웠던 가치들은 근대성의 주요한 개념들이었다. 그는 당대를 들여다봄으로써 미래를 앞서 본 것이었다. 다른 한편, 보카치오가 여성성과 하층민과 같은 주변부의 삶에 집중했다는 사실은 근대문명이 아직도 해결하지 못한 혹은 근대성이 자체의 속성으로 지니고 있는 문제들을 미리 내다보았다고 할 수 있다. 보카치오 자신이 생애 후반부에 가서 문학보다는 학술서로, 이탈리아어보다는 라틴어로 당대의 대표적인 인문주의자 페트라르카를 닮고자 했던 것은, 보카치오 문학의 지향점이 인문주의와 함께 출발하는 근대성 이전에 머무르는지, 아니면 그를 지나쳐 더 길게 이어지는 어떤 가치에 닿아 있는지 묻게 해준다. 어느 쪽이든, 보카치오 문학은 근대에 담기지 못한 주변적인 것들을 재현하는 것은 확실하다. 그런 측면에서 우리는 보카치오 문학이 근대에 대한 하나의 반성의 계기를 제공한다고 말할 수 있다.

한 작가가 당대의 삶의 주변적인 혹은 세세한 결들을 포착하고 재현하는 가운데 당대의 문명적 가치를 정의하고 반성하여 계속 이어질 후대의 얼개를 제시하는 것, 나는 그것이 리얼리즘의 힘이라고 생각한다. 그러나 이 책에서 나는 『데카메론』을 리얼리즘으로 규정하려 하기보다는 리얼리즘을 통해 『데카메론』을 탐사함으로써 보카치오가 지닌 고전 작가로서의 위대성의 한 측면을 조명하려 했다. 푸코(Michel Foucault)는 성의 억압이 자본주의의 발전과 일치한다는 통설을 뒤집고, 근대를 여는 자본주의의 발전 시기에 성의 억압보다는 성 담론이 눈에 띄게 증가했다고 파악한다. 『데카메론』은 일면 여성(성)의 해방을 묘사하는 것 같으면서도, 한편으로는 여성성을 남성의 권력과 욕망에 봉사시키고 나아가 남성 위주의 신흥 부르주아 계급의 권력과 앎의 기술 체계의 발전에 복속시키는 모습을 보여준다. 그러나 『데카메론』이 여성성에 대해 그런 이중적이고 모호한 태도를 보이는 것은 푸코가 파악한, 당대에서 교묘하게 그리고 동시에 이루어진 성에 대한 억압과 해방의 근대적 과정을 적절하게 재현하는 것으로 볼 수 있다.

근대로 진입하던 당대의 그러한 과정 자체를 추적하는 작업은 대단히 흥미롭고 현재로서 어떤 결론도 나지 않은 상태지만, 『데카메론』이 지닌 문학적 가치를 현실 재현이라는, 근대성을 넘어선 더 큰 범주에서 논의한 것은 『데카메론』에 대한 적절한 접근이었다고 생각한다. 그것은 고전 작가로서 보카치오의 모습을 현실의 재현이라는 영원한 문학적 과제의 지평에서 전망하는 것이기 때문이다.

주註

1) 야콥 부르크하르트, 『이탈리아 르네상스의 문화』, 이기숙 옮김, 한길사. p. 276.
2) 같은 책, p. 277.
3) 나중에 『칸초니에레 *Canzoniere*』라는 서정시집에 포함되는데, 페트라르카를 위대한 고전 작가의 반열에 올려놓는다.
4) 우리말 번역서로는 『새로운 인생』(박우수 옮김, 민음사, 2005)으로 나와 있다.
5) 부르크하르트, 『이탈리아 르네상스의 문화』, p. 393.
6) Salah ad-din, 1138~1193. 예루살렘의 재정복자.
7) *Dizionario Bompiani delle Opere e dei Personaggi di tutti i tempi e di tutte le letterature*, Milano: Bompiani, 1984, vol. 2, p. 562.
8) Bosco, Umberto, "Il poeta dell' intelligenza", *Saggi sul Rinascimento italiano*, Firenze : Le Monnier, 1973, pp. 87~90.
9) "Il non boccaccesco Boccaccio", Ibid, pp. 91~98.
10) Wilkins, Ernest Hatch, *History of Italian Literature*, Harvard University Press, Cambridge, Mass., 1962, pp. 108~109.
11) 긴 뿌리에 잘 자라며 강한 아로마 향을 내는 나무. 흥미로운 것은 당시 아랍의 식물도감에 11종의 향미료 나무가 수록되어 있는데, 그중 al-adjamddjami라 불리는 것이 있다. 이것은 아랍어로 두개골을 의미한다.
12) Paul Johnson, *The Renaissance: A Short History*, Modern Library, 2000.
13) 대니얼 부어스틴, 『창조자들』, 이민아 · 장석봉 옮김, 민음사, 2002.
14) 보카치오가 나레이터로 나서면서 이야기를 맺는 유일한 경우다.

15) 당시 라벤나에는 교회가 많았으며, 그 교회들은 저마다 대단히 많은 축일들을 지키고자 했다.

16) 성적으로 적절하다는 뜻의 비유적 표현.

17) 성적으로 매력이 있다는 뜻의 비유적 표현.

18) 이 대목은 성모 마리아가 가브리엘 천사에게 한 대답을 떠올리게 한다. "이 말을 들은 마리아는 '이 몸은 주님의 종입니다. 지금 말씀대로 저에게 이루어지기를 바랍니다' 하고 대답하였다. 그러자 천사는 마리아에게서 떠나갔다."(「루가의 복음서」 1: 38).

19) 그리셀다가 주인의 명에 따라 딸을 (그리고 나중에는 아들까지) 희생시키는 것은 고전과 종교문학에서 오래된 전통이며 강력한 극적 요소다. 아가멤논이 딸 이피게니아를 바치고 이도메네오가 아들 이다만테를 희생시키는 것과, 아브라함에게 외아들 이삭을 바치라는 하느님의 명령 등을 예로 들 수 있다.

20) 그리셀다의 순종적인 대답은 욥의 말을 떠올리게 한다. "내가 모태에서 벌거벗고 나왔으니 저편으로 벗은 채 돌아가리오. 하느님께서 주셨으니 하느님께서 거두어 가소서."(「욥기」 1: 21).

21) 역시 앞에 나온 「루가의 복음서」 1장 38절을 상기시킨다.

데카메론 읽·기·의·즐·거·움
중세의 그늘에서 싹튼 새로운 시대정신

초판인쇄 | 2006년 10월 26일
초판발행 | 2006년 11월 2일

지은이 | 박상진
펴낸이 | 심만수
펴낸곳 | (주)살림출판사
출판등록 | 1989년 11월 1일 제9-210호

주소 | 413-756 경기도 파주시 교하읍 문발리 파주출판도시 522-2
전화 | 영업 031)955-1350 · 기획편집 031)955-1363
팩스 | 031)955-1355
e-mail | salleem@chol.com
홈페이지 | http://www.sallimbooks.com

ISBN 89-522-0570-7 04800

값 7,900원